슈만의 문장으로 오는 달밤

슈만의 문장으로 오는 달밤

© 2024 김종희

초판인쇄 ┃ 2024년 11월 25일
초판발행 ┃ 2024년 11월 30일

지 은 이 ┃ 김종희
펴 낸 이 ┃ 배재경
펴 낸 곳 ┃ 도서출판 작가마을
등   록 ┃ 제 2002-000012호
주   소 ┃ 부산시 중구 대청로141번길 3, 501호 (중앙동, 다온빌딩)
          T. 051)248-4145 F. 051)248-0723 E. seepoet@hanmail.net

ISBN 979 - 11 - 5606 - 274 - 5 03810   정가 15,000원

※ 이 도서는 2024년 문화체육관광부의 '중소출판사 성장부문 제작지원 사업'의
   지원을 받아 제작되었습니다.

슈만의 문장으로 오는 달밤

김종희 수필집

도서출판
작가마을

썰물로 빠져나간 어제는 유물로 남고 기억
엔 이끼가 자리 잡습니다. 지나간다는 것
은 경계에 서는 일이고 지나간 것은 경계
를 넘어선 일...

나는 아직도 연필을 깎는 중입니다.

– 2024 김종희

김종희 수필집

차례

제1부

제2부

김종희 수필집

제3부

슈만의 문장으로 오는 달밤

김종희 수필집

제5부

제1부

그대 흑심을 감추지 말아요

먼 곳의 눈 소식이 눈앞에 닿았습니다. 눈앞에 온 눈을 잡고 눈이 왔던 먼 곳으로 다시 갑니다. 모든 처음은 마지막일 테지요. 처음에서 미끄러져 나온 마지막을 붙잡고 처음을 봅니다.

의식 한 가닥이 겨울 무우 하얀 밑둥처럼 아릿합니다. 엄지손가락을 호미처럼 구부려 무 껍질과 속살 사이의 틈을 파고 들었습니다. 손가락 끝에 잔뜩 힘을 주어 길을 내는 중입니다. 금속의 칼과 달리 손으로 발라내는 무의 속살은 두터운 껍질로부터 박리됩니다. 툭툭 불거지는 껍질과 새벽을 건너온 안개 같은 속살 사이 하얀 의식이 일어섭니다.

의식이란 아릿하게 일어서기도 하고 머릿니 기어다니듯 스멀거리기도 합니다. 머리카락 한 가닥에 다다다닥 붙은 서캐를 참빗으로 훑어 엄지손톱으로 뭉갤 때처럼, 의식도 일순간 터져버렸으면 하는 상상도 해봅니다.

할배의 마른 수염 소리로 덮어둔 책을 당겼습니다. 무릎 관절로 빠져나오는 바람처럼 책장을 이리저리 넘겨봅니다. 사람들은 왜 고통에 닿으면 자신을 볼까요. 성인의 문장을 찾고, 문장에 기대며, 철학이란 기둥을 세울까요. 아마도 그때 이르러 비로소 지금이 보이기 때문이겠지요. 고통을 만나면 지나온 길로 돌아가고 싶어 하니까요.

그러나 돌아갈 시간은 이미 없어요. 우리는 앞으로 가고 있기 때문이지요. 돌아간다는 것은 단지 기억이라는 회상 장치일 뿐, 한 번 지나온 길은 다시 갈 수 없으니 단지 지금 여기만, 우리는 걷는 것이지요. 그때로 돌아가고자 하는 바람이 지금 그 순간의 자신을 보게 된 것이지요. 돌아갈 수 없는 지나온 길은 기억의 골짜기가 되어 온갖 언어로 저장되어 있는 것이지요. 그러나 기억이 만드는 편견을 깨트리지 않은 채 새로운 언어를 만나지 못합니다.

책장을 넘기다 봄물 드는 바다를 봅니다. 주거니 받거니, 뒷물이 앞물을 밀어주며 만들어 가는 물의 주름이 흡사 넌출거리는 산맥을 연상케 합니다. 조곤조곤 해변으로 닿는 물거품이 그렇게 다정하게 보일 수 없습니다. 그 풍경을 언젠가 보았습니다. 식구들이 아직 일어나지 않는 아궁이 앞에서 도란도란하던 아버지와 엄마의 부엌 풍경 말입니다.

불을 읽어가며, 바삭 노릇하게 육즙을 가두어 익힌 고기 한 점을 안주로 두 분이 나누던 기막힌 술자리 정경을 나는 잊을 수 없습니다. '정답다'라는 말을 거기서 만났으니까요. 여섯 살 아침에 만난 풍경, 이후 나는 두 분의 자리에 자주 끼여 앉았습니다.

엄마가 아버지에게 했듯이 나도 불을 읽어가며 고기를 한 점씩 구워 냅니다. 겉을 바삭 노릇하게 하여 육즙을 가둔 고기 한 점을 그의 한 잔 술안주로 올려줍니다. 천천히 마시는 술 사이의 대화와 아득한 기억이 술잔에 들어와 흐르는 순간을 좋아합니다. 술잔에 들어와 찰방거리는 풍경이 들큰합니다.

먼 곳의 눈 자리는 숱한 뉴스 언어로 남아있고 나는 고요 속에 들어 있습니다. 그 순간에 고인 언어가 고요이듯 나는 태풍이었다가 고요이기도 한 그 순간입니다. 무엇이든 중심은 고요합니다. 변화는 중심이 아닌 가장자리에서 일어나지요. 안주하지 않는 거친 생의 자락을 잡고 흔들리는 모서리의 꿈틀거림… 그런 까닭으로 변혁의 주체 또한 여린 억새 같은 민중이지 않던가요. 생은 태풍의 눈처럼 고요하다가 가장자리처럼 꿈틀거립니다. 너른 세상에 일체의 걸림없이 때로 질주하고, 때로 관망하고, 때로 조응하며, 때를 알아 스스로 소멸하겠지요.

연필을 깎습니다. 고조부 기제사에 참조기 비늘치듯 연필을 깎는 것은 의식의 뿌리를 만나는 일입니다. 전장에 나갈 장수의 손발톱을 모은 듯 바닥에 펼쳐진 윤슬의 나무 비늘을 쓸어 담습니다. 싸락눈 소리처럼 벼리 된 흑심을 굴리며 하얀 밤 깊은 속살을 사각사각 걷는 중입니다.

그대의 흑심을 좋아합니다. 그대 흑심을 감추지 말아요.

발치 설화

깊은 곳에 자리 잡은 사랑니는 특별히 살펴주지 않아도 자라는 이끼 같았습니다. 맷돌 역할을 하는 어금니 뒤에서 지지대가 되었거나 간혹 어금니에서 빠져나간 음식 조각을 거두어 앞쪽으로 보태어 주는 일이 전부였으니까요. 주체적으로 그 역할을 하지 않았으니 당연 그 존재는 미미하게 인식되었습니다. 그러나 1차 식물인 이끼가 사라지고 난 뒤 닥쳐올 생태 환경의 변화처럼 사랑니는 민감하게 회자되는 존재입니다.

사랑니는 아무나, 쉬이 건드릴 수 없는 거목巨木입니다. 가장 깊은 곳 가장 큰 뿌리를 두고 있으면서 식도로 들어가는 외물外物을 수호하니 때로 마을 어귀 신목神木처럼 여겨지기도 했습니다. 있어도 그 존재를 드러내지 않으니, 오래된 나무에 움 터는 자잘한 생명처럼 사랑니와 잇몸의 틈에도 자잘한 것들이 자리를 잡습니다. 과묵한 사랑니에 오랜 시간 이끼처럼 씌워진 퇴적물은 조금씩 조금씩 지각 변동을 일으키는 용트림을 시작합니다.

그런 어느 날 느닷없이 잇몸이 욱신거렸습니다. 조용한 균열이 번졌습니다. 미세한 지근거림에 흔들리는 시간들이 낡은 잡지의 겉장처럼 덜컹거립니다. 뿌리 채 흔들려 뽑혀 나가는 순간이 영원의 시작임을. 찢어지는 아픔이 있어야 틈이 생겨남을, 아픔의 끝은 막막함의 시작이라는 태초의 말씀을 붙잡고 욱신대는 잇몸과 씨름하다 마침내 치과를 찾았습니다. 원초적 고통의 뿌리를 덜어내려 발치를 감행한 것이지요.

내 몸에 깊이 뿌리 내린 그를 뽑아냅니다. 마취를 세 번이나 거푸 해가면서 뿌리부터 흔들어 대는 의사의 손에 묵직한 힘이 실립니다. 이리저리 흔들고 비틀어도 꿈쩍 않는 그로 인해 내 전신이 흔들릴 판이었습니다. '아프면 왼손 들어요…' 말이 시작되기 무섭게 나는 왼손을 흔들었습니다. 내가 손을 흔든 이유는 통증 때문이 아닙니다. 죽을 힘을 다해 흡근처럼 버티고 선 그에게 잠시 여유를 주기 위해서입니다. 그건 소멸 직전의 마지막 힘쓰기를 와해시키려는 나름의 심리전이기도 했습니다.

미세한 주사기에 담긴 마취약은 잇몸과 입, 천정 잇뿌리로 스며들고 잠시 아련할 사이도 없이 다시 뿌리를 흔들기 시작합니다. 거대한 굴삭기의 굉음처럼 요란한 기구 소리가 용선 뱃전에 아라리로 부딪칩니다. 뽑히지 않으려 버티고 있는 치아, 기어이 뽑아내야 하는 의사. 생과 멸, 해체와 응집 그 사이에 무방비로 늘어진 나의 의식은 그럴수록 더욱 또렷하거나 명징해졌습니다. 뿌리채 뽑힌다는 것은 지탱해 온 모든 시간이 뽑히는 일입니다. 그것은 평생을 자리한 곳에서의 밀려남을 의미합니다. 그러니 완강히 버틸 수밖에요.

순간 팔려 가지 않으려 버팅기던 마굿간 늙은 소가 생각나고, 죽지 않으려 고래고래 몸부림치던 돼지도 떠오르고, 대들보로 쓰이기 위해 뽑혀오던 뒷산 소나무 생각도 났습니다. 소는 식구와 같아서 매매의 대상이 되지 않지만 더 이상 일을 할 수 없는 노쇠한 소는 아침 안개가 걷히기 전 우시장으로 가는 트럭에 실려 나갑니다. 그래도 평생 재산을 일궈

준 소라 뜨끈한 쇠죽 한 솥 먹여 보내는 것이 또한 도리였지요. 콩깍지며 쌀겨를 듬뿍 넣어 여느 때보다 구수한 쇠죽이건만 소는 데면데면 눈만 끔뻑거립니다. 마지막 만찬임을 알기에 머리를 처박고 먹다가 코끝으로 헤집고는 절레절레 머리를 흔들었습니다. 그러는 동안 마당으로 들어선 트럭은 소가 들어갈 화물칸의 빗장을 열었습니다.

콧김을 쏘아대며 뒷걸음질 치는 소를 앞에서 당기고 옆에서 밀지만, 뒤로 빠지는 소의 힘을 당할 재간이 사람에겐 없습니다. 가는 길이 죽음의 길인 걸 빤히 아는데 죽자고 뻗대는 거야 당연지사일 테지요. 오래된 집 지킴이를 달래듯 아버지는 등을 쓸어주며 소를 달랬습니다. 어서 가거라 어서 가거라⋯ 그날의 아버지처럼 나도 그를 어르고 달래봅니다. 평생을 정박한 곳을 떠나기가 어디 쉬울까만 안간힘을 쓰는 그와 반대로 나는 내 안의 모든 힘을 남김없이 빼버렸습니다. 힘을 빼버린 나로부터 빠져나온 그는, 마침내 허연 뿌리 바닥을 드러냈습니다.

옹이 진 소나무처럼 뭉턱한 그의 태초가, 맥없이 드러눕습니다. 횅하게 깊게 파진 그 자리엔 새로운 시간이 채워지겠지요. 사랑니가 뽑혀 나간 깊은 우물을 나는 두레박이 되어 첨벙거립니다. 만남과 헤어짐의 설화를 그리면서….

새벽에 홀로 깨어

벗이 다녀갔습니다. 오랜만의 조우라 기색을 살펴 보았습니다. 간간히 읽고 있는 책의 행간을 바람처 럼 툭 보내주던 벗이라 바다를 보며 맥주를 삼키는 그의 울림이 마치 책의 표지처럼 펼쳐졌다가 문장의 여음처럼 다가왔습니다.

나는 그의 고요를 좋아합니다. 그의 고요함 속에 는 바람에 일렁이는 밀밭이 보이기 때문입니다. 밀 밭으로 풀어내는 문장은 비와 비 사이를 채운 소리 처럼 다가오기 때문입니다. 비와 비 사이만큼의 거 리에서 그는 삶을 사유하고 명상합니다. 말과 말 사 이, 휴지休止가 있는 그의 말을 좋아합니다.

섬이 아름다운 것은 그만큼의 거리에 있기 때문입 니다. 그만큼의 거리에 담긴 출렁거림 때문입니다.

흔들리는 것은 섬이 아니라 거기에 닿는 물결입니다. 눈에 보이는 곳에 있으나 길은 멀어 물결은 제 몸을 흔들어 파도를 일으키지요. 가끔 그의 휴지休止에 파고들어 흔들고 싶을 때도 있습니다. 놀라 움찔거리는 첫소리의 결이 듣기 좋아서입니다. 그럼에도 기다리는 것은 고요 속에 웅크린 그의 사유가 내 글맥의 씨앗이 되었으면 하는 바람이 더 크기 때문입니다.

숲이 아름다운 것은 섬으로 서 있는 나무가 있기 때문입니다. 가지 끝에 닿은 잎의 출렁거림이 이어져 숲을 이루니 마치 섬과 섬 사이를 잇는 물길처럼 숲도 바다입니다. 때때로 벗의 걸음은 나무이기도 합니다. 나무에 깃든 바람이기도 합니다. 계절이 어디쯤 와 있는지, 또 어디쯤 가고 있는지 알려주는 그가 있어 나는 달력을 보지 않고도 시절을 짐작합니다.

숲을 명상하듯 물을 명상합니다. 물을 명상하듯 그의 언어를 명상합니다. 숲이 품은 이야기와 물이 걸어온 길에 귀 기울입니다. 숲이었다가 나무가 되기도 하고, 바다의 언어가 되는 벗은 십수 년 만에 다시 얻는 책 읽기의 즐거움을 주었습니다. 폭설에 고립된 골짜기에서 시간을 잊으며 시간을 채우는 것처럼 그를 통해 나는 책 읽기에 고립되어 보려고 합니다. 행간을 걸으며 한 시대 결을 살아낸 지성의 길에 이정표를 세우며 이리저리 흩어진 사유의 조각을 시접 해볼 요량입니다.

하얀 낮달도 속으론 붉듯이 벗을 보는 내 마음도 붉습니다. 제 몸을 갈아 향기를 내는 커피처럼, 제 몸을 태워 깊이를 더해가는 커피의 풍미처럼 나는 벗이 나눠주는 지식의 향연을 좋아합니다. 태생적으로 동양학에 익숙한 나는 서양학 가까이 가기를 두려워했습니다. 균형 잡힌 사유를 하지 못하고 기우뚱한 균형을 잡으려 애만 쓰고 있었지요.

추분 지난 바람엔 나락 익는 냄새가 납니다. 머지않아 추운 계절이 오겠지요. 내려야 할 것과 품어야 할 것을 생각해야 할 시간. 가끔은 복잡한 감정의 경계에서 몸부림칠 시간. 밖으로 향한 시선을 내면으로 돌려야 할 시간이 그림자를 접으며 내려오고 있습니다. 때로 침묵으로 때로 무성한 잎으로 키워낸 열매도 한웅큼 바람에 맡겨야 하는 가을엔 존재를 위한 소멸의 길을 걸어야 합니다. 물드는 게 어찌 나뭇잎뿐인가요. 사람은 사람에게 물들어 마침내 그 사람이 되지요.

꽃을 피우려는 의지가 풍경을 만들 듯, 담쟁이가 만들어 내는 풍경을 보는 지금도 언젠가 그리워할 추억이겠지요. 가불한 추억을 풍경처럼 마시는 가을 새벽, 문득 깨어 그에게 나의 언어를 보냅니다. 프란시스 잠, 도연명, 라이너 마리아 릴케를 불렀던 백석처럼 나는 그를 부릅니다. 섬과 섬 사이 파도처럼…

석양은 물드는데

그리움이란 하루 종일 어떤 틈을 통해서만 세상을 보는 일입니다. 어떤 것으로도 대체할 수 없는 틈의 세계, 그러니 그리움은 외로움이 동행할 수밖에 없습니다. 그런 까닭으로 그리움으로 물드는 빛깔은 곧 외로움의 빛깔입니다. 하여 지독한 외로움은 지독한 그리움입니다.

여행지에서 돌아오는 길 위에서 마주하는 첫 감정도 외로움입니다. 일상을 벗어나 만났던 아찔한 시간에 대한 그리움이, 한꺼번에 밀려들기 때문이지요. 한시도 웃음을 떠나지 않았던 시간들로부터 비껴서 마치 다른 세계로 뿌리 채 뽑혀 나가는 것만 같습니다.

블랙홀로 빠져드는 시간 여행자. 그럴 땐 복잡한

감정의 소용돌이 속에 허우적거리지 않기 위해 등뼈를 꼿꼿하게 세웁니다. 마치 찐 가오리 결 갈라지듯 다양한 층위로 나눠지는 감정선으로 인해 징검다리 건너듯 걷습니다. 그렇게 돌아온 일상의 바다에서 한동안은 섬이 되어 이리저리 부유하게 됩니다. 중첩되는 감정선이 분리될 때를 기다리는 것이지요. 원심분리기처럼 명징하게 여행지의 일상이 분리되기를요.

돌이켜보면 여행이라는 낯선 일상은, 익숙한 일상과 평행하여 새로운 길을 만들어 갑니다. 어쩌면 여행이란 단조로운 일상에서 만나는 간이역 같은 반가움인지도 모릅니다. 그것은 모래언덕에 바람이 그려내는 주름 같은 것, 모래언덕 너머에 있을 낮은 나무 그늘 같은 것, 그래서 여행은 별빛을 바라보는 것처럼 꿈을 꾸게 합니다.

계획을 세워 떠나는 여행도 좋지만 느닷없이 떠나는 여행을 좋아합니다. 즉흥이 주는 자유는 영하 5도 얼음 같은 잔에 시퍼렇게 날선 바람을 안주로 마시는 딱 한 잔의 맥주, 첫맛 같기 때문입니다. 오랜 세월이 지나도록 식지 않는 기억이 있듯이 식었던 가슴을 데워주는 온기로 다가오기 때문입니다. 생각할수록 뜨거움이 차올라 어디에서든 나를 지켜주는 기억 말입니다. 그날 남해 은모래 바다에서 만난 저녁노을이 그랬습니다.

노을은 여러 색의 교배 끝에 나온 장미처럼 고혹적이었습니다. 빛의 경계가 만들어내는 색이 더욱 선명함으로 다가왔습니다. 노을의 경계가 밀어내는 선명함 앞에서 한동안 입을 다물지 못했습니다. 오직 감탄사 밖에… 그 순간 감탄사는 어쩌면 가장 완벽한 언어인지도 모릅니다. 일체의 꾸밈없는 문장이 또한 감탄사입니다. 노자는 그 순간을 황홀이라 했다지요. 깊이를 알 수 없는 그 황홀의 세계를 현玄이라고 했다지요. 바다와 땅의 경계에 서서 빛의 산란이 만들어 내는 지극한 경지를 만나고 있다는 희열로 가슴이 쿵쾅거렸습니다.

저녁 빛의 장관에 나는, 그만 나를 잊었습니다. 나는 어디에서 왔으며 어디로 가는지. 빛의 산란 속에 내 의식은 명멸을 반복하고 있었습니다. 전기가 처음 들어오던 어린 날, 불안정한 접점으로 깜빡깜빡하는 백열등처럼요. 이름난 여행지, 밤바다의 낭만에 빠지기 전 나는 노을에 휘청이고 있었습니다. 해풍에 섞인 머리카락 향기가 없었더라면 나는 풀썩 주저앉고 말았을 겁니다.

　검은 진주가 펼쳐진 듯한 그 밤. 상주해수욕장 고운 모래에 찰방이는 하얀 물소리를 잊을 수 없습니다. 거대한 상어의 이빨처럼 몸을 세우는 동해바다에 비해 남해바다는 잇몸을 열고 나오는 아이의 젖니처럼 고요합니다. 몇 조각의 기억만으로 생의 마지막을 걸을 때, 기꺼이 한 조각에 넣고 싶은 남해입니다. 찰방이는 물이랑처럼 여행자들의 언어로 밤바다는 흔들리고 있었습니다.

　아름다운 풍경을 함께 보는 사람이 있다는 것만으로 그 순간 풍요로웠습니다. 낯선 여행지의 풍경보다 같은 곳을 바라봐주는 그 사람이 더욱 아름다운 풍경으로 다가왔습니다. 아마도 두고두고, 오래오래, 잊을 수 없는 풍경으로 기억되겠지요.

　비 갠 광안리, 안개에 쌓인 바다를 봅니다. 안개 속에 손 내미는 이 있다면… 그 손 그대라면 꼭 잡고 싶습니다. 석양이 물드는 그곳으로 가자고….

시월. 무엇이든 더 할 수 있는 시간

느닷없이 기차를 탔습니다. 산 자의 가슴을 데워
줄, 죽은 자의 정수리에 쏟아지는 햇살을 마중하러
종묘로 갑니다. 해마다 시월이면 요동치는 마음에
온통 허우적거립니다. 그럴 때 그냥 그대로 받아주
는 물길 같은 기차를 탑니다.

이른 새벽 청도를 지날 때, 서리 앉은 감나무가 만
들어 내는 풍경을 좋아했습니다. 기차를 탄다는 것
은 일상을 벗어나는 일이기에 언제나 설레입니다.
가고 오는 동안 내내 나를 들여다볼 수 있기 때문입
니다. 눈 속에 들어오는 첫 풍경에 모든 걸 쏟으며
다시 돌아오지 않을 것처럼 떠나는 여행을 나는 좋
아합니다.

종묘. 정전 용마루를 흐르는 시월 햇살을 만나고

싶었습니다. 정전너머 광활한 하늘에 담긴 서울 풍경을 보는 즐거움, 월대에 올라 박석을 걸을 때 정적을 삼킨 언어를 만나는 일은 시월 가장 아름다운 풍경입니다. 그 순간 나는 살아있음의 희열을 발바닥으로 느낍니다. 내 살아있음의 표시… 온통 나를 흔들었던 가을 감성이 정전의 정적으로 인해 깨어나는 기쁨. 그 순간 시간의 강물 속에 첨벙거리는 내가 보이기 때문입니다. 종묘는 내게 어린 언어로 유영해도 좋을 깊고 푸른 강물입니다.

그러나 예고 없이 찾아간 정전은 보수공사 중이었습니다. 몇 날을 손꼽아 기다리던 소풍의 기대를 무참히 앗아버리는 소나기처럼 '공사중'을 알리는 안내판에 그만 망연자실했습니다. 꼭 이 계절이어야만 하는, 꼭 그 시간이어야만 하는, 그래서 때를 맞추어 기차를 탔던 그 기대치가 헛디딘 발처럼 꺾이고 말았습니다. 더 이상 오르지 말라는 금줄이 금부도사처럼 막아섰습니다.

미처 여물지 못하고 저무는 꽉 찬 가을 햇살처럼, 덜 여문 내 감정이 중첩되어 나는 그만 울고 말았습니다. 누군가 곁에 있었더라면 그의 어깨에 기대었을지도 모릅니다. 선암사 해우소 굽은 소나무에 기

댄 한 사람처럼 나는 꺽꺽 소리 내어 울었을 겁니다. 논리적으로 설명할 수 없는 이 혼돈의 계절, 존재를 위해 소멸을 준비해야 하는 계절이 너무나 벅차서 더욱 서러운 나를 그의 어깨에 문질렀을지도 모릅니다.

시월 종묘의 정전은 세상이 모두 정적에 갇혀있을 때 나를 깨우는 죽비입니다. 막막함에 어찌할 바 없어 허둥거릴 때 길을 열어주는 기차표 같은 비상구인가 봅니다. 그런 까닭으로 해마다 지남철에 달라붙는 철 가루처럼 기차를 타는가 봅니다. 죽은 자의 시간 속에 또각또각 걸어가는 산자의 피돌기, 낯선 도시 눈 익은 풍경으로 쏟아지는 가을에 종묘는 오래된 사진첩처럼 나를 받아주니까요.

서로 다른 결이 어울려 온전한 하나를 만들어 가는 그 과정 속에서 어제와 오늘을 봅니다. 아니 시간의 직조 속에 여물어 가는 생의 이정표를 만납니다. 너의 시간 속에 중첩된 나를 보고, 나의 시간 속에 머물다 간 너를 보며 생의 무늬를 상상하기도 합니다. 기마병 같은 포말을 세운 동해바다처럼 붉은 깃발로 정렬한 열주의 팽팽한 긴장감이 주는 희열은 등뼈를 꼿꼿하게 세우는 어떤 힘이기도 합니다.

삶이란 영원하지 않듯이 함께 걷던 길을 혼자서
가야 할 시간은 피할 수 없는 운명입니다. 기억하다
가, 기억되어지다가 마침내 한쪽의 기억이 소멸되
고, 소멸된 기억을 한동안 끌어안고 있다가 점점 느
슨해지는 골수처럼요. 어느 날은 마침내 그 기억마
저 풀썩 내려앉겠지요.

　야간 기차를 탑니다. 0시 3분, 부산역에 내릴 시
간을 향하여 어둠 속으로 들어갑니다. 살아있다는
것은 항해니까요.

우리 걸어요

　살아간다는 것은 내 맘속의 지도를 찾아가는 여행입니다. 여행의 방향을 제시하는 것이 곧 주체로서의 존재 자각이겠지요. 그 길에 만나는 무수한 절망의 순간 일어나는 성찰은, 곧 나를 담담하게 만드는 힘입니다.

　필멸하는 인간은 육체적 정신적 존재이지요. 인간이 정신적 존재이고 육체는 그 정신의 일시적인 집이라고 한다면 죽음은 단지 하나의 작은 변화에 지나지 않습니다. 그런 까닭으로 정신을 담는 육체가 사라지고 난 후의 세계에 대해서 우리는 아무것도 모를 뿐입니다. 사위를 분간할 수 없는 깊은 어둠 속 마지막 불씨의 명멸의 순간이 죽음이라 한다면, 죽음은 문일까요. 벽일까요.

죽음에 대한 성찰은 삶에 대한 성찰과 같습니다. 죽음에 대한 명상은 삶의 진지성으로 이어지기 때문입니다. 흔히 우리는 삶을 계절로 비유합니다. 겨울-봄-여름-가을 그리고 겨울이라 할 때 죽음이란 태어나기 이전의 상태로 돌아가는 여정 아닌가요. 인간은 망각의 존재이기에 생과 사의 경계를 넘어서는 순간 백지가 됩니다. 그러고 보면 죽음의 세계는 아무것도 알 수 없는, 아무것도 기억되지 못하는, 아무것도 기억할 수 없는 여정입니다.

모든 것이 정지된 듯한 겨울은 한편 모든 것을 안으로 받아들이는 수용의 시간이기도 합니다. 거칠고 황량한 듯해도 겨울 그 시간 속에는 숱한 생명이 웅크리고 있습니다. 때가 되어 눈을 틔울 생명들, 밖으로 향한 눈을 속으로 품은 씨앗이 겨울의 세계에 있기 때문입니다.

얼어버린 깜깜한 세계에 어느 순간 모세혈관 같은 틈이 생깁니다. 그 틈으로 바람이 들어갑니다. 바람 길을 따라 햇살도 들어가고 어느 날은 빗물이 스며들 때 작은 씨앗은 통실통실 조금씩 몸을 불리지요. 마침내 딱딱한 껍질이 터지는 봄을 맞습니다. 생이 눈을 뜨는 그 순간입니다. 마침내 한 삶이 시작되는 것입니다. 삶은 추상명사가 아니라 동사입니다. 그런 까닭으로 매 순간을 애틋하게, 아찔하게, 아름답게 여행자처럼 걷고 있습니다. 하여 살아간다는 것은 부지런히 걸어가는 일입니다.

녹음의 시작이 한 점이었듯이 생의 시작도 한 점입니다. 초록이 더욱 깊어지는 여름은 형亨의 계절입니다. 관계 속에서 배려의 묘미를 살려야 하는 시간. 저마다의 속살을 채워가는 열매의 시간 속으로 우리도 걸어가야 합니다. 열정과 고통 그리고 환희를 품고 불확실성의 확실을 고대하며 우리는 저마다의 항해를 합니다.

여름 숲은 경구經句처럼 삶에 말을 건넵니다. 다투어 자라난 잡목림에 엉킨 덩굴손이 제 자리를 잡는 시간. 묵은 것은 새것에 자리를 내어 주고 곧은 것과 굽은 것은 서로에 기대어 숲을 채워갑니다. 굽은 것이 가진 그윽함과 곧은 것이 가진 기운이 어울린 고요가 있어 자주 숲길을 걷습니다.

나는 여름 숲이 쏟아내는 고요함을 좋아합니다. 온갖 생명들이 저마다의 소리로 존재를 드러낸 여름 한가운데는 분명 불협화음입니다. 그러나 한동안 그 속에 있으면 묘한 공존의 세계를 만납니다. 마치 빨랫줄과 바지랑대의 관계처럼… 노른자와 흰자의 경계처럼… 카오스와 코스모스의 경계에 선 여행자로서의 나를 만나는 순간도 여름 숲에서의 일입니다.

때로 산 그림자를 품은 호수의 고요에 흔들리는 내가 좋습니다. 중년에 이르러 고요함의 의미를 겨우 알게 되었습니다. 지성으로 산다는 것은 지식을 버리는 것에서 출발한다는 것을 이제서야 읽은 것입니다. 나이가 되어 때를 아는지, 때가 되어 나이 드는지 알 수 없지만 늙어간다는 것은 흔들림 속에서 더욱 힘을 빼는 여유인지도 모르겠습니다.

그러나 삶의 향연은 가을입니다. 저마다의 빛깔로 물들기 때문입니다. 활어처럼 퍼득이는 청년기의 열정이 한 송이 꽃이라면 삶을 굽이굽이 돌아온 가을은 익어 물드는 일 아닌가요. 더욱이 가을의 숭고함은 자리 내어 줌에 있습니다. 잎이 진 자리에 새 눈이 맺히기 때문입니다. 그러고 보면 죽음은 사라지는 것이 아니라 다음 세대로의 이어짐입니다. 어쩌면 영원한 삶도 영원한 죽음도 결국 없는 것… 생은 다만 사라질 뿐이지요.

부석사, 등불처럼 익은 사과를 보려고 첫차를 탔습니다. 무심하게 흐르는 산맥의 중첩 속에 가을 햇

살이 정수리에 얹히는 시간, 나는 무량수전 아미타
부처님 너른 품을 휘적휘적 걷습니다. 주관과 객관
이라는 일체의 관념도 벗어버리고, 내가 아닌 내가
되어 이것과 저것 사이를 걷습니다. 살아있어 황홀
한 지금 여기, 영원의 순간을 새기며.

해거름에 고인 언어

붉은 꽃을 봅니다. 풀어헤친 섶 같은 머리를 들고, 뿌리가 뽑힐 듯이 목을 뽑아 올린 꽃대궁이 옅은 바람에도 흔들립니다. 흔들리는 꽃대궁을 방석처럼 깔고 앉은 꽃이 가채 쓴 여인 같습니다. 해거름에 보는 그 꽃, 밤새 호롱불 아래 졸고 있는 족두리 쓴 순순한 여인을 보는 듯합니다. 첫 밤을 맞는 여인, 그러나 열리지 않는 문을 부끄럽게 돌아보는 여인 같은 꽃을 두고 상사화라 부릅니다.

상사화라 부를 때는 그렇게 애틋할 수가 없습니다. 끝내 잎을 만나지 못하고 시들어 버리는 꽃의 지고지순함에 대한 애틋함을 표하는 것일 테지요. 그러다 꽃무릇이란 이름으로 부를 때면 붉은 꽃잎의 낭창함이 참으로 고혹적으로 다가왔습니다. 서정적

아리아로 보였던 상사화가 격정적 흔들림으로 다가서는 것도 꽃무릇이란 이름으로 바라볼 때입니다. 어떻게 명명되는가에 따라 그 결이 달리 읽혀지는 꽃, 그래서 차라리 그냥 꽃이라고 부르고 싶은 꽃입니다.

시인의 언어처럼 존재의 본질로 다가서기 위해 부르던 이름. 이름으로 불리워지는 것들에 대한 물음들이 이즈음 내 안에 맥놀이를 하기 시작했습니다. 관계의 시작은 무엇으로 불리워지는 그 순간일 테지요. 아니 현상으로 보이는 대상에 감정이입이 되는 그 순간부터이겠지요. 무거움을 덜어내야겠다고 생각한 어느 날부터 궁금한 것이 많아졌습니다. 아이로 돌아간 듯 눈에 보이는 것들이 모두 신기합니다.

해거름, 기억이라는 문장 하나 품고 산보를 갑니다. 통속의 노랫말이 절절히 박힐 때가 해거름입니다. 삽상한 바람에 흔들리는 어둑살을 좋아합니다. 나무에 흔들린 어둑살 사이로 덜 여문 달빛이 연지처럼 묻어나올 것 같기 때문입니다. 그럴 때면 한 시대를 풍미한 영웅들의 이야기가 숲으로 파고드는 새처럼 다가옵니다. 호사가들이 어떻게 불렀던 오로지 한 사람을 사랑했던 세기의 사랑 이야기는 까만 밤 하얗게 새어 나오는 불빛 같습니다.

사랑에 대한 이야기는 동서고금 가장 흥미로운 것입니다. 특히나 신분을 초월한 사랑이거나, 명예도 권위도 불사하고 사랑하는 이를 지키려 했던 사람의 이야기는 그 자체로 이미 감동으로 몰아갑니다. 더욱이 지식과 지혜로 충만한 낮은 신분의 여인을 사랑한 이야기는 세기의 스캔들로 기록되지만 그러나 사랑은 사랑 그 자체로 이미 숭고한 것 아닌가요.

지혜로 충만된 여인 아스파시아를 사랑했던 페리클레스의 사랑을 나는 좋아합니다. 조선의 기녀들이 가진 깊이처럼 아스파시아도 당대 정치가들이 배움을 구할 만큼 이름나 있었습니다. 소크라테스도 그 중 한 사람이었습니다. 그러나 페리클레스는 그녀의 지혜를 사랑한 것이 아니라 그녀 자체를 사랑했습니다. 사랑하지 않았던 아내와 헤어진 후 그녀와 결혼한 페리클레스는 집을 나올 때마다 그녀에게 애정을 아끼지 않았습니다.

사랑은 안으로 삼키는 것이 아니라 표현하는 것임을 2500년 전 영웅은 실천했던 것이지요. 낭창한 꽃잎이 고혹적으로 다가오는 꽃무릇이 페리클레스의 손가락 사이로 빠져나온 아스파시아의 머릿결을 보는 것 같습니다. 한 사람의 온전한 사랑을 받는 여인의 옷깃 사이로 드러나는 붉은 다리 같습니다. 훗날, 재판정에 선 그녀의 무죄를 증명하기 위해 고군분투했던 페리클레스… 사랑은 페리클레스처럼 해야 하지 않을까요.

안타깝게도 위대한 영웅도 자식들의 방탕함으로 불우한 말년을 살아야 했습니다. 과학적 지식을 신봉했던 그도 죽음 앞에서는 약한 너무나 나약한 인간의 모습이었으니 무엇이 나를 살게 하고 무엇이 나를 죽게 하는가를 보여주는 한 대목입니다. 부와 명예를 나눠 가졌던 사람. 부하가 부자가 되면 나도 부자라고 실천했던 한 시대의 영웅도 죽음으로부터 자유로울 수는 없으니까요.

유도집허惟道集虛. 비어야 도가 모인다고 했던가요. 비어있어야 경계가 보인다고 했던가요. 분주했던 시간이 숨 고르기를 하는 해거름, 붉은 꽃에 고인 언어를 봅니다. 그 꽃에 고인 격정의 고요를 봅니다.

환승역

　칠월 한낮, 걸음을 옮길 때마다 넌출거리는 햇살의 그림자를 봅니다. 그림자와 나 사이로 칠월 바닥은 객혈하듯 열기를 쏟아냅니다. 발바닥을 뜨겁게 달구는 것은 땅의 바닥에서 밀어 올리는 뜨거움 때문이겠지요. 저마다의 높이를 위해 저마다의 깊이를 드러내지 않을 뿐, 바닥의 뜨거움은 아마도 깊이의 꿈틀거림이겠지요.

　농밀한 햇살을 밀어내며 걷습니다. 태양이 이글거리는 칠월의 고분, 죽음의 문화 위에 삶을 풀어봅니다. 부드러운 선으로 나눠진 고분의 능선과 허공의 경계가 아름답게 다가왔습니다. 1500년 전 피장자를 상상하며 까슬한 잔디로 맨발을 옮겨봅니다. 삶의 완성이 죽음이라 했던가요. 과거의 죽음은 미래의 내 죽음이라는 생각의 끝에 닿을 때 그 순간 곁에 선 동행의 존재는 얼마나 크게 다가오는지 모릅니다.

동해로 향하는 길에 올랐습니다. 뜻할 때 나설 수 있다는 것만으로도 삶은 희열입니다. 한순간 태풍처럼 지나는 더위는 여름의 진 맛을 보여줍니다. 아무렴 여름은 더워야지요. 그 뜨거움을 견디기 위해 곡식은 속살을 채워가고, 그 뜨거움을 받아들여 저마다의 빛깔로 물들겠지요. 그런 까닭으로 여름은 만물을 더욱 성장시킵니다.

포항에 들자 7번 국도가 주는 풍광이 제대로 모습을 드러냈습니다. 이 길을 부지런히 오가던 때가 있었습니다. 청송 소재 교정시설 강의를 꽤 오랜 시간 했습니다. 그 길에서 오고 가는 계절을 읽었습니다. 어느 삶이든 이해의 대상은 아니지요. 그럼에도 판단이라는 틀을 들이대는 것 또한 사람 아닌가요. 뒤차를 먼저 보내기 위해 멈춰 선 앞 차의 시선으로 만난 7번 국도와 34번 국도… 나를 키운 건 어쩌면 그 길이었는지도 모릅니다.

아침이 오는 문법을 읽습니다. 기억해 보면 아침은 저마다의 지역에서 다양한 길로 일어섭니다. 문경 새재의 아침은 사시나무처럼 숲을 흔들며 옵니다. 빽빽한 어둠이 새소리에 흩어지고 모이기를 되풀이하다 올 풀리듯 가지 끝에 걸린 검은 실밥 하나 출렁거리지요. 그 바람에 놀란 산이 끔뻑거리는 눈처럼 천천히 옵니다. 서울의 아침은 또 어떤가요. 고층 건물에 반사된 희부염한 빛이 지면에서 올라온 자동차의 마찰음에 부딪히는 맥놀이로 보였습니다. 그것은 사막의 모래바람처럼 빌딩 사이를 빠져나왔습니다. 태초에 정해진 것은 없지만 그러나 때로는 나락 익는 냄새로 아침을 마주하기도 했습니다.

생의 시간이란 어쩌면 환승역인지도 모릅니다. 두고 온 먼 곳이 출렁입니다. 먼 곳의 기억이란 언제나 거기에 있습니다. 거기의 시간이 여기의 시간으로 오는 동안 기억이란 환승역을 건너오는 것이겠지요. 여기서 거기는 한참 먼 곳… 칠월 고분의 등을 쓸어내리는 거기에서 온 바람을 봅니다.

낮달개비꽃처럼 고운 여기의 그대를, 읽습니다.

김종희 수필집   슈만의 문장으로 오는 달밤

제2부

고맙습니다 그대

　정신을 담는 그릇인 육체가 깨지고 나면 나의 존재는 관계 속에서 사라집니다. 의식이란 무형의 존재라 감각기관에 의해서는 드러나지 않습니다. 다만 내 육체를 기억하는 이의 심상에 이미지로 남아 있을 뿐입니다. 하여 의식적 존재인 나는 육체적 존재인 나를 통하여 비로소 인식됩니다.

　유식학자들은 물질로서의 육체보다는 의식에 가치를 부여합니다. 그러나 의식을 담아내는 그릇인 육체가 없이 한 존재를 온전히 설명할 수 없습니다. 그런 까닭으로 의식적 존재인 나는 육체적 존재인 나를 아끼고 사랑합니다. 내가 나의 육체를 사랑하듯이 그대의 육체도 사랑합니다. 정신적 존재인 그대를 담고 있는 그대의 육체 또한 얼마나 귀한 존재인지요.

쉰 중반의 생일이 지나면 의식적 존재인 내가 육체적 존재인 나에게 옷 한 벌 지어주고 싶었습니다. 물빛을 담은 생명주로, 한 땀 한 땀 바느질하여 지은 우리 옷으로요. 요란하지 않고 화려하지 않으며 담담하여 어디에서도 드러나지 않은 치마저고리를 입어야겠다고 오래전부터 생각했습니다.

한복을 지어야겠다는 말에 지인들은 손사래를 칩니다. 자녀들이 장성 했으니 혼사를 하면 입게 될 터인데 뭐 하러… 한복이 얼마나 불편한 옷인데… 잠시 입을 일이면 차라리 빌려 입지… 등등의 말들로 만류했습니다. 그러나 자식의 결혼이란 그들의 의식에 대한 어미로서의 예복일 뿐입니다. 내가 한복을 지어 입는 것은 내가 나에게 주는, 오롯이 나를 위한 옷입니다. 선물입니다. 귀한 사람을 만나러 갈 때, 나를 위한 귀한 시간을 만들 때 입을 옷입니다. 그러니 내 옷은 설레임입니다.

한복에 대한 아주 특별한 기억도 있습니다. 일찍 혼자된 고모가 친정 온다는 기별을 받으면 조부는 신작로에 나를 내보냈습니다. 생각할수록 애틋한 딸을 맞으러 당신인들 마을 어귀에 나가고 싶지 않겠습니까. 대신 손녀인 나를 보낼 때는 외로웠을 당신 딸에게 쪼르르 달려가 종알종알 매달리는 정경을 상상했을 겁니다. 하고 싶은 말들을 가슴에 묻고 생을 걸어야 하는 딸. 스스로 고립되기를 주저않았던 딸. 그런 딸을 보는 것만으로 조부는 속이 무너졌을 겁니다.

흙먼지를 일으키며 신작로 정류장에 버스가 멈춰 섰습니다. 차 문이 열리기를 기다려 다가가면 하얀 고무신 위로 목련 빛을 닮은 치맛자락이 먼저 보였습니다. 한 손으로 치마 말기를 잡고 조용히 버스에서 내려서는 고모의 담담한 한복이 참 좋았습니다. 바깥바람을 쐬지 못한 채 오래도록 횃대 아래 걸려 있어야 했던 옷 냄새가 좋았습니다. 옷 냄새는 빈 벽 냄새였습니다. 생각해 보면 그것은 해가 들지 않는 여인의 빈 방 냄새이기도 했습니다. 휑한 가슴에 이는 외로움의 냄새라는 것을 그때는 알지 못했습니다.

전쟁이 갈라놓은 이별. 생사도 모른 채 평생 속으로 앓으며 살아내야 했던 여인의 적막함과 막막함에 눌린 치맛자락… 마른 옥수수 대궁 퍼석한 냄새에 매달리기를 나는 좋아했습니다. 손가락을 잡아끌며

종알거리는 나를 바라보는 고모의 잔잔한 웃음은 잊혀지지 않습니다. 긴 목으로 미끄럼 타듯 내려온 동정, 저고리의 양 섶을 당겨 여민 옷고름, 걸음을 옮길 때마다 날리던 치마를 단단히 잡던 고모님의 성정은 언제나 한복과 함께 기억됩니다.

살아간다는 것은 내 몫의 옷을 입고 걷는 일이겠지요. 의식적 존재로서 육체에 대한 고마움과 육체적 존재로서 의식에 대한 고마움으로 즐거운 긴장을 할 때 탁월한 삶으로 부단히 성장할 수 있겠지요. 그런 까닭으로 내게 한복은 축복입니다. 나를 위한 아름다운 선물입니다. 부지런히 걸어온 길에 대한 고마움과, 설레임으로 걸어갈 길에 대한 희열입니다.

따뜻한 물 한 잔을 몸속으로 흘려보냅니다. 물이 지나는 길마다 온기가 번집니다. 보이지 않는 길을 적시며 흐르는 물처럼 그대에게로 나도 첫 아침 첫물로 걷습니다. 날마다 그대도 첫 사람으로 나를 적시며 옵니다. 숨겨둔 사람처럼 설레는 이름 통영으로 한복 첫 나들이를 다녀왔습니다. 바람에 날리는 옷자락을 잡아준 그대에게 담담한 물빛으로 전합니다. 고맙습니다 그대…

그 겨울 쇼팽

　독락당으로 향하던 길을 돌려 통도사로 접어든 건 행운이었습니다. 화엄산림법회 중인 경내는 저마다의 삶을 품은 사람들이 화두를 찾아 물고기처럼 모여들고 있었습니다. 예기치 못했던 순간, 뜻밖에 다가온 기쁨을 행운이라 한다면 그날 통도사의 한낮이 그랬습니다. 피아니스트 백건우의 설법전 연주회가 있었으니까요. 절집에서 만난 쇼팽이 더욱 그랬습니다.

　말씀이 물처럼 흐르는 설법전說法殿에서 나는 전신을 휘감아 도는 묘한 환상 속에 있었습니다. 그것은 마치 아침 호수에 오르는 안개 같았습니다. 건반 위를 걷는 구도자, 거장의 움직임에 나는 발가락에 힘을 주고 허리를 세웠다가 다시 힘 빼기를 몇 번이나

했는지 모릅니다. 그날, 설법전에서의 만났던 황홀함과 여운은 몇 해가 지나도 여전히 현재형으로 남아있습니다.

거장의 연주를 기다리는 겹 사람들 가운데 그가 건네주는 따스함은 봄볕이었습니다. 다른 방향을 보고 있어도 그 온기는 내게 있었으며 겨울 초입 마른 머리카락을 스쳤습니다. 그럴 때마다 빠르게 뛰던 피돌기에 나는 애기단풍처럼 물들고 있었을 겁니다. 설법전 서까래를 타는 피아노 선율에 사그랑사그랑 스치는 온기가 더해 무아지경과 운우지정의 경계에서 나는 줄타기를 했습니다. 연주가 끝나고 다음 곡이 연주되는 사이에서야 비로소 숨을 내쉴 수 있었습니다.

마감일이 다가오는 글이 쉬이 풀리지 않을 때 쇼팽을 즐겨들었습니다. 청정한 새벽 호수, 고요를 흔드는 수생생물들의 은밀한 움직임 같은 음악이 내 감성을 깨우기 때문입니다. 눈을 뜬 감성은 미끄러지듯 언어를 흔들고 말과 말 사이를 부지런히 시침질하다 낮게 여리게 빠르게 내달렸습니다. 때로 여울물이었다가 큰 바위 아래를 비집고 들어 굽이치고, 때로 얕은 물가 물풀들 사이에 가쁜 숨을 내려

놓기도 합니다. 그런 순간을 몇 번이고 만나고 오가는 동안 어느새 글은 쌓여갔습니다. 내게 쇼팽은 늘 그랬습니다. 신명 혹은 엑스터시 같은 열락을 걷게 했습니다.

다음 연주를 기다리는 그 순간, 꽁꽁 싸매어 둔 나의 페르소나가 불쑥 보였습니다. 다양한 관계 속에서 살고 있는 아니 살아가야 하는 사람에게 관계성이란 자칫 가면이 되기 쉽습니다. 그러나 정작 스스로에게 가면은 가면으로 인식되지 못하지요. 무대를 벗어난 배우처럼 세상이라는 무대에서 외로움과 쓸쓸함은 사치라 생각했기에 고독이라는 말로 포장하면서 자기최면을 걸었습니다. 절대고독이 주는 희열로 포장한 외로움이 문지기처럼 버티고 있었습니다. 아니 외로움을 감추기 위해 절대고독이란 수문장으로 빗장을 걸어 스스로 침잠했는지도 모릅니다. 내 안에 내가 많지만 그 페르소나들이 진아眞我는 아님에도 관계성 안에서 개별 페르소나는 타인으로 하여금 나의 진아眞我로 인식되었나 봅니다.

통도사의 쇼팽은 설법舌法으로 나를 휘감았습니다. 꽃이 피기 직전의 떨림이라고 할까요. 겉잎이 열렸다가 닫히기를 반복하며, 속잎의 결이 씨줄 날줄로 교직되듯 움직이고 꽃을 받친 대궁은 활처럼 휘어지며 낭창낭창 흔들렸습니다. 전각 사이로 번져가는 쇼팽이 막 사랑에 눈뜬 사람의 긴 목으로 보였습니다. 설법전 아래 물소리에 젖은 쇼팽의 발라드는 그윽한 언어의 골짜기를 만들었습니다. 그 골짜기에서 탄생된 언어는 비익조가 되어 날아오르고 연리지가 되겠지요.

그 겨울 쇼팽은 탄탄한 지성을 바탕으로 부드러운 틈을 만들어 내는 문장으로 내게 왔습니다. 아! 건반을 걷듯 문장을 걷고 싶습니다. 그리하여 먼 훗날, 그의 기억 속에 각인되는 언어이고 싶습니다. 삶과 문학은 둘이 아니듯, 사랑과 예술도 둘이 아니었음을…

그런 사람

그럴 때 있잖아요. 늘 그 자리에 있다 해도 한번 뒤돌아서 확인해 보고 싶을 때…

어린 날 한밤중이면 꼭 변이 마려웠습니다. 그것도 겨울밤에 말이지요. 소변이야 윗목이나 마루에 둔 요강을 사용하면 되었지만 대변은 어디 그런가요. 한두 번 그러던 것이 습성이 되어 자주 그런 일이 있고 보니 한밤 행사가 되고 말았습니다.

그 시절 시골 화장실이야 뻔하지요. 처가와 뒷간은 멀리 있어야 한다는 옛말처럼 뒤란을 돌아 안채와 떨어진 곳에 있으니 어린 내게 한밤중 일어나는 변의는 식구들에게는 매우 귀찮은 일이었지요. 왜냐고요? 무섬증이 많은 나는 엄마 아버지가 밖에서 지켜줘야 일을 보니까요. 오빠들은 도회지로 유학 가 있었고 언니들은 이런저런 핑계를 대기 바빴으니 엄마, 아버지 어느 때는 할아버지가 뒷간 행차에 호위무사가 되었습니다.

뒷간과 관련된 무서운 이야기는 또 얼마나 많은가 요. 하필이면 그런 때 꼭 무서운 이야기들이 더욱 선명하게 눈앞에 펼쳐지는 건 또 무슨 조화인지. 그러니 오들오들 떨면서, 때로는 부스럭거리는 소리에 온몸을 움찔거리며 겨우 일을 끝내기도 했습니다. 그럴 때마다 호위무사들이 처음 그 자리에 있는지 애타게 불렀지요. 엄마— 아버지— 할배요—. 내 소리에 용수철 튀듯 오냐, 그래, 여기 있다는 답이 오지 않는 날이면 팔려 가는 소처럼 얼마나 애절하게 소리를 질렀는지 모릅니다.

눈물범벅이 되어 나오면 늘 그 자리에 호위무사들이 있었습니다. 할배는 장죽을 한껏 빨아들여 홀쭉한 얼굴로, 아버지는 뒷짐 진 채 빙긋 웃으며, 엄마는 나무 등걸에 걸터앉아 하얗게 질린 나를 놀렸습니다. 그러다 어느 날부터인가 뒷간이 아닌 닭장 옆에서 일을 보게 되었습니다. 헛간 옆에 붙어있는 닭장은 할배 사랑방에서도 아버지 방에서도 엄마 방에서도 문 열면 보이는 곳이니까요.

닭장 옆에 쪼그리고 앉아 볼일 보는 겨울밤 상상이 가는가요. 사위는 어두워 금방이라도 별이 뚝뚝 떨어질 듯한 한밤입니다. 닭들은 고고곡 고고곡 가느다란 소리를 흘리며 잠들어 있고, 횟대에 앉은 장닭이 가끔 다리를 뒤로 죽 뻗으며 날개를 푸드덕 펼치기도 했습니다. 마당을 쓸어가는 바람에 삭정이가 툭 떨어지기도 하고 마당가에 놓아둔 물건들이 덜컹이며 굴러다니기도 했습니다.

머리 위로 은하수가 흐르고, 별들이 눈빛처럼 반짝이던 밤입니다. 아니 별빛이 바람에 흩날리던 꽃잎처럼 쏟아지는 밤이라고 해도 되겠습니다. 어쩌다 눈발이라도 날리는 날이면 쪼그려 앉은 채로 눈을 맞기도 했고, 발목까지 눈이 쌓인 날이면 그 자리만큼 밀쳐내어 쪼그려 앉기도 했습니다. 마당이 아무리 넓어도, 눈 내린 밤이 아무리 포근해도 그만큼의 자리만 필요하다는 것을 그때 알았습니다.

문을 열어두고 나를 지켜보는 어른들의 모습은 잊히지 않는 그림입니다. 그 방에서 새어 나오는 불빛은 세상 가장 따뜻한 빛이었습니다. 세 분의 방은 언제고 나를 지켜보는 든든한 배경이었습니다. 바람에

문이 닫힐까 싶어 쩌귀와 문틀 사이에 신문지를 말아 괴여둔 아버지, 천조각을 뭉쳐 괸 엄마, 한 손으로 오래도록 문을 잡고 있었던 할배는 늘 그 자리에 있었습니다. 생사의 처지를 달리하기 전까지는…. 세월이 한참 지나도 그 순간의 거룩한 기억은 나를 더욱 세워줍니다.

늘 그 자리에 있어 있는지 없는지 잘 드러나지 않는 중심을 도추道樞라고 합니다. 문의 쩌귀처럼 반드시 있어야 세상의 이치가 돌아가는 근원의 자리라지요. '애써 돌아보지 말아요. 언제든 그 자리에 있으니 염려 말아요'. 그 말이 은하수처럼 내게 스며들던 날 그 사람이, 그랬습니다. 닭장 옆에 쪼그려 앉아 보았던 방을 보는 듯 했습니다. 아니 그 방에 가득 찬 불빛이 내게로 건너오는 것 같았습니다. 나도 그런 사람이 되어보려고요. 쩌귀 같은 그런 사람…

언제든 그 자리에 있으니 염려 말아요 그대.

노년은 유배가 아니잖아요

여행이란 단지 사물을 보는 것이 아니라 그 사물이 품은 힘을 보는 것이라지요. 가슴이 떨릴 때 여행을 떠나라는 말처럼 삶은 순간순간 어떤 희열로 다가옵니다. 명작을 담는 공간 미술관, 평자들의 문장을 빌리지 않고 만나는 그림은 내게 말을 걸어옵니다. 나도 그림에게 끊임없는 말 걸기를 합니다. 문장을 깨고 나온 그림의 서사에 한눈을 파는 즐거움도 좋습니다.

여름, 미술관으로 오르는 골목은 담쟁이가 한창이었습니다. 담쟁이에 덮인 한낮의 담벼락은 초록의 황야로 보였습니다. 초록의 기세에 눌려 다른 그 무엇도 감히 끼어들지 못했으니까요. 그럼에도 아침이면 황야의 틈으로 작은 꽃이 번지고 있었습니다.

그 모양이 흡사 푸른 물이 바위에서 내는 소리처럼 보였습니다. 어쩌면 꽃을 바라보고 있는 그 순간이 가장 부드러운 첫 시간인지도 모릅니다. 그대에게 보내는 시선도, 그대를 기다리는 마음도 황야에 번지는 꽃일 테지요.

콘크리트 바닥의 열기에 눈이 아립니다. 바늘 없는 시계에 고인 시간처럼 열기에 드러누운 그림자가 흡사 흑싸리 껍데기로 보여 한참을 웃었습니다. 그 순간 엉뚱하게도 고스톱이 위대한 철학이라는 생각이 들었지요. 선택의 순간에 놓인 인간의 딜레마⋯ '스톱'할 수 있는 용기와 '고'할 수 있는 배짱 사이에서 말이지요. 적게 먹고 길게 살아갈 것인가. 독박을 뒤집어쓸지라도 한 번 호기를 부려볼 것인가. '고'로 밀어붙인 이후의 불확실성보다 '스톱'의 안정성에 무게중심을 둔다고 하여 배짱없다 생각지는 않겠지요.

혹자는 말합니다. 들고 나는 나들목의 시간을 잘 판단하고 결정하는 게 화투판의 화두라고요. 든든한 뒷배가 없어도 바가지 쓸 요량으로 가보면 뜻밖의 승부수가 생긴다고요. 돌이켜보면 단순한 듯 복잡한 게 맨화투라면 복잡한 해도 의외로 단순한 것

이 또 고스톱이더라고요. 쭉정이는 쓸모없는 맨화
투에 비해 쭉정이도 모이면 반전의 힘을 발휘하는
게 고스톱이잖아요. 쓸모없음의 쓸모 있음을 발견
하는 것이지요.

역전의 용사라는 말이 있잖아요. 한패가 돌아갈
때마다 9점 10점 점수를 올리고 있는 사람이 '스톱'
을 하지 않는 동안 3점이 된 사람이 '스톱'을 외칠 때
의 짜릿함 말이지요. 크레바스로 추락하는 낭패와
아찔한 승부수가 반전미를 주는 것도 고스톱판의 일
입니다. 결국 습관적 타성에 젖지 않고 오직 느낌으
로 걷기의 판정패인 게지요. 그래도 화투는 손끝으
로 읽혀지는 점자 같은 온기가 있습니다. 다만 도박
이 되지 않을 때 말이지요.

여행은 삶의 오솔길을 걷는 일입니다. 아니 나만
의 오솔길을 가지는 것입니다. 찬란했던 여름날의
광휘도 언젠가는 누렇게 익을 것이고 오솔길의 곱슬
거리는 풍경은 훗날의 서사가 되겠지요.

말복이 지났으니 이젠 우리가 가는 곳 어디든, 우
리의 시선이 멈추는 어디서든 가을이 열리겠지요.
과일은 나무에서 익어가고, 그대 숨결은 밤새 더욱
달콤하게 흐를 테지요. 어느 날은 손가락 사이로 과

즙을 툭툭 흘리며 한 바구니쯤 쌓아두고 먹고 싶을 때도 있습니다. 초록 껍질을 가진 아오리, 하얀 과육 사이로 배어 나오는 아삭한 과즙은 안도 다다오의 사과를 떠올리게 합니다.

노트북을 열었습니다. 절실함이 없으니 문장이 뻗어나가지를 못합니다. 키보드를 톡톡 두드려 봅니다. 딴엔 머루알 터지듯 어떤 글자들이 내게로 와 터져주기를 바라면서요. 그러나 좀처럼 자음과 모음은 결구되지 못하고 겉도는 보리밥처럼 섞이지 못합니다. 사람 사이도 섞이지 못하는 자음과 모음처럼 문장이 되지 못할 때가 있습니다. 그러나 과즙같은 눈길이 스며들 때 형언키 어려운 황홀함이 되기도 합니다.

인생은 여행이라고들 합니다. 다시 돌아갈 수 없는 여행… 사람은 태어나는 순간 늙어가기 시작한다지요. 늙어감에 대하여 생각한다는 것은 가장 젊은 순간순간을 징검다리처럼 건너고 있기 때문입니다.

지금 노년의 여행을 차곡차곡 준비해야 하는 때라면 성급한가요. 지식은 줄이고 지평은 넓히는 노년, 부피는 줄이고 감성은 키우는 노년의 여행을 준비해 보려 합니다. 문장을 뛰쳐나온 감성으로 가슴 떨리도록 걸어보려고요. 문장을 뛰쳐나온 도시의 골목을 걸으며 문장을 뛰쳐나온 음악을 만나려고요. 늙지 않는 어른을 꿈꾸면서…

순간에 고인 언어

세상에 얼굴을 내밀기 전의 글을 먼저 읽는 것은 행운입니다. 작가가 사용하는 언어 속에 담긴 그의 결을 누구보다 먼저 만나기 때문입니다. 더러는 겨울 배추에 녹은 서리처럼 아삭하고, 더러는 잇몸을 드러낸 파도처럼 알싸하고, 더러는 난분분 흩어지는 봄날의 향연을 만납니다. 아무도 가보지 못한 사막으로 연필심 꾹꾹 찍으며 처음을 읽는 것은 아무도 걷지 않는 눈밭을 마주한 희열과도 같습니다.

언어는 언어의 무덤을 떠나와야 생명을 얻고 문학은 작가의 품을 떠나야 완성됩니다. 우리는 결국 무엇을 만나야 완성되는 존재. 너라는 존재가 없으면 나는 무의미한 존재가 되듯, 나라는 언어는 너라는 골짜기에서 발견되는 생명입니다.

대상을 바라보던 시선이 내 안으로 향할 때 눈을 뜨는 사유. 그 순간 대상은 더 이상 밖에 머물지 않고 내 안으로 자리 잡습니다. 내 안에 자리한 대상은 언어의 공동묘지이지요. 인광처럼 번쩍이는 나의 언어를 캐기 위해 우리는 스스로 고고학자가 되어 언어의 무덤을 발굴합니다. 그런 까닭으로 작가는 날마다 언어의 무덤으로 가는 계단을 걷습니다. 무덤은 바닥입니다. 그러나 바닥은 위로 올라가는 계단입니다.

수필의 생명은 아찔한 문장에 있습니다. 아찔함이란 숨 쉴 틈 없이 독자를 몰아가는 문장의 흐름이지요. '잽'으로 툭툭 건드리다가 '훅' 치고 들어가는 문장을 우리는 열어가야 합니다. 다만 그때의 문장은 담백해야 하지요. 드러나는 문장 속에 드러나지 않는 의도는 순순한 물맛에 스민 차 맛과 같습니다. 첫 문장에서 마지막 문장에 이르기까지 오로지 작가의 숨겨진 세계에 유영하는 문장, 그런 문장이 수필의 생명 아닐까요

글이란 좋고 나쁨이 없습니다. 마찬가지로 우열도 존재하지 않습니다. 저마다의 결이 다르기 때문입니다. 글이 완성되는 것은 결국 독자를 만나는 일입

니다. 나와 유사한 취향을 가진 독자의 결에 닿을 때 좋은 글이 되고 두고두고 울림이 됩니다. 독자의 가슴에 밀밭처럼 일렁이어 흔들리는 문장은 마침내 독자와 작가를 잇는 물길이 됩니다.

그러나 수필은 독자의 가슴으로 가기 전 먼저 작가의 가슴에 감겨들어야 합니다. 그럴 때 작가는 때로 독자의 눈으로 자신의 문장을 걸어야 합니다. 객관적 글쓰기의 시작이지요. 수필은 일차적 경험으로부터 출발하여 결을 타고 마침내 처음 자리로 돌아오지만 그때의 자리는 포월적 세계입니다. 세간과 출세간을 자유자재로 오가는 고도의 정신세계. 아니 정신의 절대 자유지요. 포월적 세계의 글이란 힘을 뺀 상태의 가벼움입니다. 그러나 가볍되 천박하지 않아야 합니다. 깊이가 있되 무겁지 않아야 합니다.

기록해 두지 않으면 하얗게 지워지는 순간들. 모든 순간과 이별하는 삶이기에 우리는 날마다 새날을 걷습니다. 어떤 화려한 수사도 첫날의 첫 마음을 표현할 수 없습니다. 처음은 그래서 처음입니다.

그 순간의 기록은 어디에서 늙어가든 쿵쾅거리는 시간으로 뿌리내려 푸른 가지마다 붉은 동백을 달고

나를, 우리를 깨우겠지요. 오직 글로써 말을 하는 숙
명을 안고 그 언어가 오는 길을 마중갑니다.

슈만의 문장으로 오는 달밤

　어떤 언어는 비늘처럼 감성을 일으키고 어떤 언어는 물오른 어린 가지 봉긋한 눈처럼 옵니다. 또 어떤 언어는 해거름 산란하는 빛으로 흔들리고 어떤 언어는 윤슬처럼 떠있습니다. 언어는 그 언어를 품은 사람의 온기와 정감을 담아 드러나기 때문입니다.

　겨울과 봄 틈새, 정월보름 통영으로 달마중 갑니다. 물 위를 찰방찰방 걸어오는 달빛을 상상하며 가는 마음은 이미 보름달입니다. 낮의 끄트머리를 잡은 해와 밤의 초입에 선 달이 양팔 저울처럼 떠있습니다. 나는 저울의 가운데 길을 꼿꼿하게 세운 등뼈처럼 통영으로 갑니다. 멀고 가까움이 서로 기대어 융기된 땅이, 산이라는 이름으로 길을 안아줍니다.

땅의 중첩된 주름이 열어가는 풍경은 흡사 일월오봉도를 연상케 합니다. 그런 중첩 위에 교교히 떠 있는 해와 달, 달과 해가 주는 그만큼의 거리를 올려다볼 때는 어떤 언어로도 그 오묘함을 표현할 수가 없습니다. 뒤차를 먼저 보내는 기차의 느린 마음으로 풍경을 봅니다. 천천히 가는 만큼 풍경은 더욱 선명해집니다.

물 빠진 갯펄에서 기어 나오는 무른 속살이 한 점 단색화로 안깁니다. 소리를 내어 말이 되는 것이 아니라 때로 그렁그렁한 눈빛의 말이 더 뜨거울 때가 있습니다. 귀 기울여야 비로소 보이는 말, 가만히 들여다보아야 비로소 들리는 말이 있지요. 그것은 느린 마음일 때라야 다가오는 언어입니다.

오래 못 본 사람이 새벽꿈에 설핏 다녀간 날이었습니다. 푸른 새벽에 깨어, 먼지 앉은 책을 열었습니다. 책장을 접을 때마다 겹쳐지는 오래된 얼굴 하나가 흩어졌다 모였다 또 흩어졌습니다. 마른 물길이 남겨둔 흔적 같은 길의 주름을 보듯 천천히 책장을 넘겼습니다. 삶은 냉철한 듯해도 광활한 고독을 품은 그 속은 황홀하다는 것을 흩어지는 문장이 말합니다.

풍경의 뒷모습을 보며 가는 여행처럼, 문장의 끝말은 또 다른 풍경을 열어줍니다. 대상을 밖에 둔 생각과 내면에 질문을 던지는 사유 사이, 마르지 않는 물길로 흐르고 싶습니다. 사이란 주름입니다. 풍경과 풍경 사이, 문장과 문장 사이, 사람과 사람 사이, 생각과 사유 사이에 꿈틀거리는 주름을 접으며 우리는 날마다 성장하는가 봅니다.

주름은 경계선입니다. 경계가 만들어 내는 깊이를 보는 순간 중년의 내가 보였습니다. 중년, 살아온 길을 갈무리하고 다독여 조붓하게 걸어야 하는 시절입니다. 하여 중년에 만나는 모든 것은 위대한 발견입니다. 그 순간이 때로 생애 최고의 순간이며 또한 마지막입니다. 설령 그것이 오래도록 붙잡고 싶은 희열일지라도 찰나에 불과하다는 것을, 순간이 영원으로 회귀되고 있음을 중년은 읽습니다.

노을이 누운 바다에 달빛을 포개어 보았습니다. 햇빛과 달빛이 만나 일렁이는 바다는 사랑에 빠진 사람의 볼처럼 붉은 점을 찍습니다. 그 순간 슈만의 머리카락을 빠져나오는 라인강 바람 같은 문장이 온통 나를 흔들었습니다. 사랑을 반대하는 아버지에게 '예술 안에서 가난하더라도 행복하게 살고 싶다'

는 편지를 보내고는 슈만을 선택한 클라라 슈만이
생각났습니다.

　정월보름. 포실하게 틈을 만들며 일어서는 봄빛처
럼, 오래된 정인이 처음으로 '사랑해' 속삭이듯, 어
린 가지 꽃눈 맺히듯 파고드는 보름 달빛이 찰방찰
방 물 위를 걸어옵니다. 패인 물이랑마다 달빛이 고
입니다. 눈을 깜빡거릴 때마다 그만큼씩 닳아버릴
까 싶어 보는 것도 아까운 달밤입니다. 그대, 그 달
밤의 달빛으로 내게 찰방입니다.

우리의 여름은 아직 끝나지 않았다

　귀뚜라미 등을 타고 가을이 온다는 처서랍니다. 여름 햇살 아래 속이 꽉 찬 과일처럼, 익은 여름을 보냈습니다. 잘 여문 옥수수 알을 빼먹듯 여름 순간순간을 들여다봅니다. 현실에서 가상을 경험하는 증강현실의 세계, 때때로 과거와 미래를 지금 여기로 불러들이는 것 또한 어쩌면 증강세계 아닐까요.

　코로나 백신 일정이 늦춰지면서 선물 같은 며칠을 얻었습니다. 마치 일시 정지된 버튼이 다시 시작 버튼으로 눌러진 것처럼요. '꼭 가고 싶은 곳 알려 줘요' 선물처럼 다가온 시간은 제우스의 허벅지에서 툭 튀어나온 디오니소스의 첫울음처럼 내 가슴을 두드렸습니다. 언제나 그랬지만 여행은, 여행이라는 말을 떠올리는 그 순간 이미 시작됩니다. 창으로 밀려들어 온 어둠 속에서도 눈동자는 하얀 낮달이 됩니다. 하여 여행을 하는 시간만큼은 영원히 늙지 않는 어른으로 꿈꾸게 합니다.

청춘열차라고 명명된 경춘선 기차를 탔습니다. 어떤 이름으로 불리워진다는 것은 고정관념에 틈을 만들어 줍니다. 가슴이 설레면 그 순간이 봄날이라는 선모의 말씀이 차창의 풍경처럼 지나갔습니다. 푸른 보리 이랑에 이는 바람처럼 이토록 가슴이 일렁이니 청춘열차는 그 이름값을 제대로 하는 듯 했습니다. 김유정역을 지나면서 '어깨에 퍽 쓰러진 점순에게서 노란 동백꽃의 향긋한 냄새에 땅이 꺼지는 듯이 온 정신이 아찔해진 나'를 상상했습니다.(김유정 〈동백꽃〉) 여행의 아찔함도 비껴 선 일상에서 발견하는 그런 아찔함 아닐까요.

어디를 걸어가든 낯선 거리에서 발견하는 아찔함은 의외의 즐거움이 됩니다. 그런 의외성에 삶은 더욱 풍요롭겠지요. 시각 시각 그 형상을 바꾸는 구름, 모퉁이를 돌 때마다 달라지는 사람의 풍경이 있어 목을 더욱 길게 뽑아 올리는지도 모릅니다. 다산의 마을 마석을 지날 때는 그의 강진 시절이 먼저 머릿속에 점을 찍었습니다. 정치적 사형과도 같은 유배

그리고 유배지에서의 서러움, 그럼에도 다시 발견한 세계는 위기를 경영하는 지성인의 삶을 보여주었지요.

유배는 절망이고, 좌절이고 삶이 끊어지는 현실입니다. 그러나 그 좌절의 시기에 자신을 가다듬은 학자들은 오히려 이를 전화위복의 계기로 삼았습니다. 유배를 학문완성의 기회로 삼은 대표적인 학자가 다산 정약용 형제입니다. 다산이 남긴 오백여 권에 다다른 방대한 저술도 유배지 강진에서의 일이었으며 그는 유배지에서 스승으로서 많은 제자를 키웠습니다. 그리고 보면 유배는 버려지는 시간이 아니라 오히려 생을 빛낼 수 있는 소중한 시간이었습니다. 주어진 현실이 녹록치않을 때 우리는 흔히 절망을 경험합니다. 그러나 절망을 어떻게 인식하고 극복하는가에 따라 삶의 시간은 달라집니다.

종착역을 앞두고 '눈물이 나면 기차를 타고 (중략) 선암사 해우소 등 굽은 소나무에 기대어 통곡하라'는 시인의 말(정호승 시, 〈선암사〉)이 생각나 웃었습니다. 한치 앞을 볼 수 없는 막막함, 기댈 수 있는 어깨 한 뼘 없는 한 사람에게 기차는 유일한 탈출구였겠지요. 생의 찌꺼기를 배설하는 해우소, 통곡의 삶

을 묵묵히 들어주는 등 굽은 나무 같은 사람, 기차
는 뭇 생들에게 등 굽은 소나무로 존재하나 봅니다.
그래서 기차는 영원한 노스텔지어로 우리에게 기억
되는가 봅니다.

여행은 식지 않은 노스텔지어입니다. 우리에게 사
랑이 그러하듯 여행도 영원한 노스텔지어겠지요. 때
를 기다려 가보고 싶은 곳이 있다는 것, 아니 함께
걸었던 길이 쌓이는 것은 가슴 속 작은 씨앗 하나 품
는 일입니다. 은밀한 비밀 하나 품는 게 사랑이라고
했던가요. 남몰래 슬쩍 들여다보고 웃고 웃고 웃는
것, 그것이 사랑의 즐거움이라면 여행은 더욱 그렇
습니다.

목덜미 머리카락 사이로 처서 지난 열기가 빠져나
옵니다. 살라미르 해전을 승리로 이끌었던 데미스
토클래스 이야기로 아침을 열었습니다. 위기에서 객
관화된 선견지명으로 살라미르 해전을 승리로 이끌
었던 데미스토클레스. 그러나 시대의 영웅인 그도
탐욕으로부터 자유롭지 못했지요. 이기적 욕망으로
부터 자유로울 수 있는 용기가 결국 탁월함으로 우
리를 이끌겠지요. 지성인의 자기 경영을 생각하면
서 당랑거철螳螂拒轍을 떠올렸습니다. 수레에 맞서는

사마귀의 무모한 용기… 결국 나아감보다 더욱 절실하게 물러섬을 알아야 한다는 동서고금의 진리에 괜히 뭉클해지는 처서 아침입니다.

햇살이 아까워 삼베시트를 풀하여 널어둡니다. 바람에 까슬하게 마르면 잘 접어 새 여름을 기다려 보렵니다. 우리의 여름은 아직 끝나지 않았으니까요.

이화우 흩날릴 제

　한때 부지런히 술 빚던 시절이 있었습니다. 고두밥 쪄서 누룩에 비비고 맑은 물에 앉혀 혈국, 솔잎, 칡으로 빛깔을 냈습니다. 항아리 속에서 보글거리며 발효되는 소리를 들으며 새벽을 맞을 때는 세상의 움직임이 모두 보글보글 소리로 보였습니다. 누에가 뽕잎을 갉아 먹는 소리로 항아리 속이 맴놀이를 할 때면, 올라간 입꼬리에 밀려 얼굴의 근육들이 관자놀이까지 가 있었습니다.

　밤새 내린 이슬이 옹달샘에 방울방울 터지는 소리를 내며 술은 맑게 익었습니다. 흙과 불의 기운을 담은 항아리에서 쌀과 누룩의 시간이 익어가는 동안의 기다림이 애틋하여 '이화우 흩날릴 제'라는 이름을 붙였습니다. 그랬더니 그 술, 입술에 닿는 첫 느낌이 갓 쪄낸 찹쌀의 끈기처럼 은근하게 감겨들었습니다. 미세한 혀의 돌기에 스며든 그 맛은 아찔한 그리움으로 파고들었습니다. 이화우 흩날릴 제 울며 떠난 님 향한 매창梅窓의 절창絕唱이 내 관자놀이에 박혀 들어 그만 눈을 감고 말았습니다.

이루어질 수 없음을 알면서도 기꺼이 사랑했던 매창과 촌은의 눈부신 쓸쓸함에 한 잔, 또 한 잔 헌주獻酒하고 싶었습니다. 이유 없는 삶이 어디 있던가요. 선택 없이 태어나는 생도 살다 보면 원인이 있듯 무심코 걷는 길도 곰곰 생각해 보면 이유가 있습니다. 무릇 만남이란 그냥 오지 않음을, 지나고 보면 비로소 알게 되지요. 어떤 사랑이든 뜨겁지않는 것은 없습니다. 필멸의 생을 살아가는 인간에게 사랑이란 순간순간을 살게 하는 힘이 되기도 합니다. 더욱이 천민으로 살아내야 했던 기녀에게 있어 사랑이란 더욱 그렇겠지요.

낭만적 풍조를 담아낸 시는 사람의 마음에 깊이 파고들지요. 뿐만 아니라 당대 최고 문인과 그에 버금가는 기녀와의 사랑은 두고두고 회자됩니다. 그러나 그 사랑은 아름답고도 한편 아파옵니다. 사랑의 기쁨도 잠시 그리움과 기다림에 그렁그렁한 눈빛은 넋이 나간 슬픔이었습니다.

그리워하면서도 보지 못하는 애절함, 보고 있어도 보고 싶은 그리움, 한 번 만나고 평생을 가슴에 새긴 사람에 대한 정인情人으로서 의리를 다했던 사람이 매창이었지요. 그에게 정인情人은 가슴에 주렁주렁 맺히는 언어였습니다. 비록 사랑의 길은 고독하고 쓸쓸했지만 그 순간만큼은 내밀한 언어를 창조하는 신화의 세계였습니다. 오늘 우리에게 그들의 시가 눈부시게 남는 까닭도 여기에 있지 않을까요.

유한자有限者로서 인간은 순간을 살아 필멸必滅합니다. 그리고 기억되어지다가 마침내 기억마저 소멸되고 말지요. 우주를 담은 먼지의 일생, 한 생도 그렇게 스러집니다. 모든 죽어가는 것은 딱딱합니다. 그러나 영원히 딱딱한 것도 없습니다. 육신은 풍화되어 가면서 남은 것들의 그리움이 되고 그것은 오래도록 생의 끈이 되지요. 그러다 마침내 한 줌 흙으로 변합니다. 한 생이 풍화되기까지는 그 모든 것들에 온전히 맡겨질 때라야 가능한 일입니다. 푸석푸석한 육신이 풀썩 내려앉을 때 그 속에 비로소 생명은 똬리를 틉니다. 속이 바스라진 나무는 그때 뭇 생명들의 집이 됩니다.

이루어낼 수 없는 사랑이었기에 견뎌냈으며 마침내 승화된 매창의 언어는 불멸의 문학이 되었습니다. 어느 겨울 매창 뜸을 찾았습니다. 겨울 햇살을 덮고 누워있는 그에게 '이화우 흩날릴 제' 한 잔 올렸습니다. 육신은 비쩍 마른 연 대궁처럼 버석거려도 이화우 흩날리듯 걸어올 정인을 기다리는 그의 어깨에 기대어 '이화우 흩날릴 제' 음복주를 오래도록 혀에 담았습니다. 문살에 부딪치는 달빛 같은 향기가 목을 넘어가다 되넘어 왔습니다. 사랑이 깊은 만큼 외로움도 깊었을 그의 마음이 주련처럼 걸렸습니다.

아. 술을 빚듯이 삶을 빚는 나이가 되었습니다. 숙성될수록 깊은 맛을 내는 곡주처럼 담담한 삶을 걷고 싶습니다. 술이 된 찹쌀의 담담한 깊이처럼 공연한 무거움을 덜어내고 싶습니다. 그래서 마침내 흩날리고 싶습니다. 누군가의 그리움 속으로 이화우처럼…

제3부

그만큼

어쩌다 보니 그림책을 엮었습니다. 코로나바이러스로 인한 팬데믹. 사람과 사람 사이의 물리적 거리가 멀어지고 세상이 일순간 멈춘 듯해도 살아있는 삶은 그래도 성장하니까요. 먼 훗날 먼지 앉은 서가에서 어느 눈 맑은 이가 빛바랜 책장을 열어준다면 그의 어깨에 내려앉는 햇살 같은 미소를 담고 싶었습니다.

제주, 고흥, 지심도, 통영 그리고 부산을 걸으며 그 기막힌 아름다움과 알싸한 즐거움을 표현할 언어를 만나지 못했습니다. 멀리 풍경을 끌어들이는 감동을 담아내기엔 내 언어가 너무나 부족했기 때문입니다. 언제나 내 언어의 곳간은 비어있었습니다. 뭐라 표현할 수 없는 자조의 벽 앞에서 서성이던 한순

간, 그림을 만났습니다. 관념의 한계를 초월한 언어
가 그림이었습니다.

눈 덮인 한라산 새벽을 흔드는 바람, 그 바람에 벗
겨진 커튼 사이로 파도처럼 밀려온 공기가 시트 속
으로 감겨들 때의 아릿함은 몽환으로 이끌었습니다.
설핏 가늘게 뜬 눈으로 들어오는 제주의 아침을 그
림은 빛과 그림자로 물감의 깊이로 담아주었습니다.
위미해변, 숭숭 뚫린 현무암이 풀어내는 태곳적 신
비를 상상하며 보았던 팽나무는 살아있는 신화를 꿈
꾸게 했지요.

지심도는 또 어떤가요, 3월 초입, 아직은 폐부를
파고드는 바람이 차가운 날 지심도 뱃길은 배의 엔
진소리만큼 쿵쾅거렸습니다. 숱한 사람들의 소원이
반짝이는 밤하늘 별빛처럼 지심도의 동백도 별처럼
반짝였습니다. 잠 못 드는 밤, 뭇사람들의 꿈이 반
짝이는 별빛을 그리는 사람이 예술가라 하던가요.
지심도의 동백이 그랬습니다. 작은 입술을 꼬물거
려 겨우 들릴 듯 수줍은 사랑을 고백하는 미소년 같
다고나 할까요. 고개를 한껏 젖혀 동백을 올려다볼
때 이미 동백은 말없는 말로 전하는 붉은 엽서였습
니다.

그림은 수줍게 타오르는 내 마음을 담아주었습니다. 그래서 그림을 그리는 그 순간은 이 세상 가장 황홀한 언어를 만나고 있었습니다. 하늘, 구름, 바다, 나무, 흙의 빛깔이 어떻게 시시각각 달라지는지. 밤은 또 어떻게 깊어지는지. 시간이 깊어질수록 더 광활해지는 밤하늘처럼, 사람도 깊어질수록 광활합니다. 깊이를 알 수 없는 우주를 볼 때는 눈을 가물가물하게 떠야 하듯 사람을 볼 때도 그렇습니다. 눈으로 보지 못하는 것은 차라리 눈을 감고 느껴야 하니까요.

고요히 걸을 땐 가만 팔을 펼쳐봅니다. 손가락 끝에 닿는 온기의 촉감으로 우주를 만나고 싶기 때문입니다. 오직 손끝으로 읽혀지는 감각적인 언어 점자처럼요. 섬과 섬이 점자처럼 떠 있는 통영은 그런 까닭으로 눈을 감고 걷습니다. 담보다 낮은 집을 지나며 백석을 만나고, 그가 그리던 란이 되어 통영을 느낄 때면 나도 점자가 된 것 같습니다. 그의 손끝에서 읽혀지는 감각적인 언어가 되고 싶은 게지요. 오직 한 사람에게만 읽혀지는 점자 같은 언어 통영은 그래서 언제나 섬이 된 그리움으로 다가옵니다. 어쩌면 통영은 까맣게 잊고 있었던 감각의 언어를 깨워주었는지도 모릅니다.

　삶은 매 순간이 기적이라는 것을 절실하게 각인시
켜 준 시간이 여행이었습니다. 바다를 사이에 두고
섬처럼 떠 있지만, 사이라는 공간이 그만큼 더 깊은
우주를 품는다는 것도, 푸른 물길이 하얀 포말로 출
렁일 수 있도록 섬은 슬쩍 한 곁을 내어준다는 것도,
점과 점 사이 손끝의 온기가 담기는 점자처럼, 섬과
섬 사이 바다는 그만큼의 언어를 담고 있었습니다.

　태초의 문자는 그림이었듯이, 그림은 문자에 담긴
온기를 함께 그려내고 있다는 것을 그 길에서 알았
습니다. 우리가 길을 나서야 하는 이유도 여기 있겠
지요. 사람의 이야기가 풍경이 되는 것도 그 길 위
에서 배웠습니다. 그런 까닭으로 날마다 그만큼의
언어로 그만큼 걸어보려 합니다. 그만큼 그만큼의
언어로…

디오스피로스

바람에 감꽃이 떨어집니다. 5.21이라 쓰면서 오월이십일일 소리를 삼킵니다. 손은 자음 모음을 찍으며 형태를 만들고 눈은 낱말이 된 형태를 소리 없이 읽습니다. 한세상 삼켜진 소리는 얼마나 많을까요. 소리가 되지 못한 낱말들을 줍는 아침 감꽃에 담긴 바람을 줍습니다. 소리가 된 바람을 보면서 소리가 되지 못한 낱말들을 세웠습니다.

다시 오지 않을 그 기막힌 순간이 영원이라고 오묘한 경계를 헤아려 글자를 씁니다. 무엇이든 곡진한 순간에는 기어이 참지 못한 내심이 목을 간질거립니다. 간질거림은 소리를 내고 싶고 나는 간질거림을 풍장 시키고 싶습니다.

그러나 기어이 간질거림은 기침이 되어 거꾸로 서

고 있습니다. 목구멍을 넘어오지 못한 쿨렁한 쇳소리는 예민함으로 후두를 자극하다 갯가로 몰려온 멸치 떼의 유영으로 파닥거립니다. 봄날 해거름 해변의 불빛을 받은 비늘의 섬세한 산란처럼요.

그날, 해변으로 밀려온 멸치 떼 반짝이는 비늘의 틈으로 바다가 기어 나왔습니다. 깊은 그릇에 멸치를 퍼 올리며 사람들은 봄날이 왔다고 했습니다. 멸치를 주워담는 사람들의 바구니엔 멸치의 바다가 바닥을 드러내며 파닥거렸습니다.

그 순간, 사막의 바닥이 드러나는 때 아찔한 화석으로 발견될 붉은 뮈토스 같은… 겨울의 침묵이 당도하기 전 황홀한 음조의 순례 행렬 같은… 그림자도 붉은 모든 날의 갈대들이 붉은 문장으로 미분과 적분 사이를 걸어 나왔습니다.

깨진 조각이 품은 미완의 환상통과 만 년의 터에 순장된 소녀도 일어섰습니다. 한 사람이 먼저 읽고 지나간 길, 먼저 지나간 사람이 남긴 말들을 기억하여 나는 감이 되지 못하고 떨어진 감을 주웠습니다. 그리고 내가 읽으며 지나가는 길에 심었습니다. 긴 이랑에 고구마 순을 꽂으며 주전자에 담은 물을 주었듯 앞선 사람의 말로 물을 주었지요.

어떤 것은 뿌리가 되고 어떤 것은 고랑으로 빠져 나간 말을 다시 추슬러 옛 문장을 꿴 새 종이에 긴 골을 타 봅니다. 한 사람이 그때 한 말과 쩌귀가 되지 못해 삐걱거리는 그 말이 나온 곳을 다시 메우고 있습니다.

아버지는 해마다 명을 심었지요, 명은 두 번 꽃을 피웁니다. 젊어 명꽃, 늙어 목화랍니다. 아버지가 거둔 목화로 이부자리를 만들어 딸들은 시집을 갔습니다. 더러 세상이 서운한 날엔 아버지의 솜이불 속으로 파고들었습니다. 이불의 무게로 꾸욱 다독여 주는 그 따뜻함이 아버지의 온기였다는 걸 아버지 죽고 나서야 알았습니다. 아등바등하지 않고 살캉하게 사부랑한 강아지풀은 늙어도 강아지풀이듯, 아버지는 내가 늙어도 그날의 아버지로 있습니다.

오월이십일일의 감나무엔 너에게 닿지 못한 어떤 말이 열리는 중입니다.

여기에서 거기까지

　곱씹어 보면 거기와 여기는 차원이 다릅니다. 조금 전까지도 있었던 사람이 산책을 나갔습니다. 그의 자리는 거기가 되었고 나는 여기가 되어 온기가 빠져나간 거기를 눈으로 눌러보고 있습니다.

　새소리보다 배의 동력 소리가 많은 차오프라 강의 아침이 밀고 들어옵니다. 내린 커피가 식는 줄도 모르고 풍경 속에 둔 눈을 깜빡거립니다. 눈이 깜빡일 때마다 세상은 열렸다가 닫히기를 반복합니다. 눈이 깜빡일 때마다 캄캄했다가 밝습니다. 눈을 감은 것은 죽음이요 깜빡거림은 살아있는 것일까요. 어떤 치열성 속에서 억지로라도 혹은 저절로라도 움직일 수밖에 없는 순간들의 연속이 생인가 봅니다.

　먼 곳으로 와 있다는 것은 그만큼 넓은 세계로 밀

려 나와 있다는 것이기도 합니다. 어쩌면 넓은 곳으로 써레질을 하는 일인지도 모른다. 무논 바닥을 부드럽게 만들어야 모를 심을 수 있듯이 먼 곳으로 가는 써레질은 내 의식을 부드럽게 만들지요. 맘껏 말랑해진 바닥에 골을 타고 처음 보는 씨앗을 마구마구 심고 싶습니다.

눈 뜬 씨앗이 열어갈 세계를 상상합니다. 밤의 공항을 떠나 시간의 경계선을 넘어서던 그 밤도 씨앗이 터지듯 요란했습니다. 그날, 밤을 건너오는 비행기에서 본 별들이 그랬습니다. 불빛이 사라지자 툭툭 불거진 별이 어깨로 흘러내리기 시작하더라고요. 눈앞에 뚝뚝 떨어지는 별의 무리와 발아래 펼쳐지는 별 밭이 일렁이는 청보리밭 같았으니까요.

주먹만 한 것에서부터 아이 머리만 한 별들이 미끄러지며 내 어깨 내려왔다니까요. 별들의 향연… 오직 밤을 건너본 사람만이 만날 수 있는 별의 세계에 어안이 벙벙할 뿐이었습니다. 아득한 깊이까지 내려앉던 별이 아침이 가까울수록 다시 상승하여 올라갔으니까요. 어둠은 내리고, 태양은 떠오른다는 노랫말을 보았으니까요. 하늘에 있는 별이 내려왔다가 하늘로 올라간다는 걸 봤으니까요. 새벽이 올수록 별은 점점 멀어져 마침내 더 높은 하늘, 더 넓은 하늘, 더 먼 하늘이라는 공간으로 사라지는 동안 나는 한시도. 자유롭지 못했습니다. 별의 언어가 소멸될까 봐요.

그런 밤을 건넌 아침은 또 어떨까요. 소매 끝에 문질러 베물던 사과의 첫맛처럼 아삭아삭했습니다. 새날이란 느낌은 그런 건가 봅니다. 끝물 더위는 깊을수록 섬세하고, 어둠이 깊을수록 아침은 아찔한가 봅니다. 그러고 보면 우리는 아득한 어디쯤에서 시작된 존재입니다. 감성으로. 사물을 발견하고 이성으로 지평을 넓히며 순간을 영원으로 걷지요. 인간만이 할 수 있는 일은 상상력과 감성 아닐까요. 별이 빛나는 것은 뭇사람들의 꿈을 담고 있어서라지요. 물음표로 열어간 길은 저마다의 감성으로 밝힌 별빛이 되어 서로에게 물길로 흐르겠지요.

파타야의 아침과 달리 콘시암의 아침은 뱃길과 같이 열립니다. 강 건너 시암을 보고 있습니다. 처음 이틀을 보낸 강 건너 그곳을. 이틀을 보낼 강 건너 이곳에서 봅니다. 거기와 여기라는 말 사이의 시공을 생각하면서…

바닥 그 깊은 언어

불면의 모서리가 돌아눕습니다. 어둠은 경계가 없고 눈빛은 더욱 또렷해지기만 합니다. 하얀 뼈가 드러난 앙상한 밤, 좀처럼 채워지지 않는 잠의 언어를 기다립니다.

경매 물건이 있다는 지인의 짧은 편지를 받았습니다. 경매라는 말에 잎 떨군 마른 나무를 보는 듯 했습니다. 이리저리 바람에 팔랑거릴 이파리 하나 건사하지 못한 창백한 나무의 비쩍 마른입이 경매라는 이름으로 비틀거렸습니다. 파리하게 드러난 맨살 위로 집행 영장 같은 붉은 딱지가 덕지덕지 붙었을 나무를 생각하면 경매는 참으로 잔인한 언어입니다. 그래서인지 경매물건이 있다는 말에 나는 보트피플이 된 한 가정이 떠올랐습니다.

삶의 과정이야 저마다 다르지만 누구든 그만큼의 무게를 지고 살아갈 테지요. 그 대상이 무엇이었든 어깨에 눌러 붙은 무게로 차라리 그 자리에 주저앉고 싶을 때도 있습니다. 움직일수록 아니 몸부림칠수록 점점 수렁으로 빠져들 때, 처지를 원망하게 됩니다. 원망은 비난을 낳고 비난은 비관을 낳으며 마침내 감정의 극단으로 매몰아갑니다. 그런 순간이 오면 차라리 물처럼 흘러가도록 힘을 빼는 게 살아남는 길입니다. 흘러가는 일은 바닥으로 가는 길입니다.

바닥은 지난한 삶이 응집된 세계입니다. 그런 까닭으로 바닥은 탄탄합니다. 바닥은 끄트머리가 아닙니다. 바닥은 가장자리가 없습니다. 가장자리가 없다는 것은 구분하지 않는다는 의미와 같습니다. 그것은 모든 것이 나오는 근원이기 때문입니다. 근원으로서의 바닥이니 당연 응축과 응집이 교직으로 결구 되어 있으리라 짐작해 봅니다.

바닥을 만나는 일은 모든 것을 받아들일 때라야 가능합니다. 그것은 수용입니다. 운명과 숙명 사이 자아라는 끈을 놓지 않은 결과입니다. 대범하게, 호탕하게, 그럼에도 불구하고 존재자로서 삶을 발견할 때 비로소 만나게 되겠지요. 가장자리가 없는 바닥을 생각하면서 무변루無邊樓를 세워 부릅니다.

회재 이언적이 이십 대에 정립한 태극 무변론은 조선 성리학의 터를 열었습니다. 회재는 탄핵과 유배라는 삶의 바닥을 만났습니다. 이제는 사라진 형벌 가운데 하나인 유배는 주로 반란죄에 해당되는데 이는 정치적 사형을 의미합니다. 모든 익숙한 것으로부터 분리되어 생과 사의 갈림길에 선 유배자의 삶은 매 순간 불안함으로부터 자유로울 수 없었습니다.

주어진 현실이 녹록치 않을 때 우리는 흔히 절망을 경험합니다. 그러나 절망을 어떻게 인식하고 극복하는가에 따라 삶의 시간은 달라집니다. 생은 서로의 바닥으로 만나 더욱 성숙해지는가 봅니다.

내 터를 갖는다는 것은 정박할 공간이 있다는 안정감이겠지요. 그러나 생사의 경계를 지켜보면 그 터라는 것이 때로 얼마나 허무한 것이던가요. 평생을 일궈낸 터를 두고 결국은 소멸되고 마는 것이 생이잖아요. 생의 모든 것을 정박했던 터가 경매에 내몰린 현실은 어떤 말로도 위로가 되지 않습니다. 냉혹한 시장에 팔리는 불안한 눈빛의 난민으로 전락

하는 순간이기 때문입니다. 그럼에도 살아있다는 것은 바닥을 향한 길 찾기를 하는 것입니다. 중력이 없는 우주의 유영처럼 그럴 때 시간의 흐름에 그냥 나를 맡겨야겠지요. 마침내 바닥에 발이 닿을 때까지…

바닥을 힘차게 발 구르기 할 때 삶은 상승합니다. 이것이 있어야 저것이 드러나듯 바닥이 밀어 올리는 삶의 그 깊이는 아무도 모릅니다. 불면의 밤, 바늘 없는 시계에 고여 있을 잠의 바닥을 봅니다. 바닥, 그 깊은 언어에 경의를 표합니다.

어떤 숭고

콘크리트에 닿은 비가 부러지고 있습니다. 부러진 비는 물이 됩니다. 그러나 물이 된 비는 누워도 서 있습니다. 비로 서야할 물… 등뼈를 꼿꼿이 세운 비는 곧 죽어도 서서 걸어갑니다. 거친 균열을 일으키는 생생한 감각, 비의 순례가 시작되었습니다.

가야 할 곳을 향해 머뭇거리지 않는 비의 길을 보면서 어떤 숭고를 생각합니다. 아버지는 비였다가 물이 된 사람, 하늘을 보며 누워도 땅을 지고 걸어가는 사람입니다. 한여름 땡볕 속에 고인 찬물 냄새로 스며든 이름입니다. 오래된 우물물을 첨벙첨벙 길어 올린 두레박엔 아버지의 그림자가 물무늬로 어른거립니다.

마당 깊숙이 수도시설이 들어와도 아버지의 우물

은 언제나 마당 밖에 있었습니다. 우물가 귀퉁이가 달아난 돌확에는 불었다가 마르기를 반복하는 다이알 비누가 햇빛에 타고 있었습니다. 쩍쩍 갈라진 비누의 틈으로 많은 것들이 기어 나왔습니다. 눈 무게를 이기지 못해 뚝뚝 부러지는 뒷산 소나무 가지도, 사람의 말처럼 날아다니는 반딧불이도 갈라진 비누로부터 쪼개진 것들입니다.

아버지의 손바닥은 갈라진 비누였습니다. 갈라진 손바닥으로 문질러 나온 갈라진 거품으로 아버지는 면도를 했습니다. 아버지의 수염은 언제나 서 있었습니다. 바람에 서걱이는 마른 옥수수대궁 소리가 났습니다. 비눗물에 닿고서야 수염은 힘을 뺐습니다. 잘 산다는 것은 힘 빼는 일이란 걸⋯ 거친 수염이 잘려 나간 자리에 고인 사분 냄새를 보며 알았습니다.

기 펴고 살아라. 기억으로 저장되기 훨씬 전부터 아버지는 내가 눈을 뜨건 말든 팔다리를 쭉쭉 당겨 늘렸습니다. 빨랫줄에 걸린 기 빠진 교복은 군용담요 다리미판에 눕혀 등판부터 소매 끝까지 빳빳하게 세워주었지요. 주름은 채우고 구겨진 건 펴고 날 세운 칼라를 두르고 빳빳하게 기를 세웠습니다.

내가 기를 펴고 걷는 동안, 기 빠진 아버지 사라진 육신은 마른버짐처럼 희미해져 마침내 기억에서조차 밀려났습니다. 빈 가슴이 땅에 닿도록 구부려도 맨화투 기리하던 손맛으로 기를 세우던 당신이 떠난 묵은 자리… 드라이어 바람에 딩구는 기 빠진 머리카락이 기를 세우고 있습니다.

오래 투병하던 아내의 부고를 알리는 그의 전화를 받았습니다. 달리 해줄 말이 없어 그의 말이 바닥에 닿을 때까지 듣고만 있었습니다. 고독의 냄새가 우울의 냄새는 아니라며 일어서는 순간 현기증이 일었습니다. 토네이도처럼 어떤 기운이 빠져나가고 있었습니다, 생동지절에 생사의 처지를 달리한 그녀의 이름 석자가 감나무 가지 끝에 끈끈하게 매달립니다.

나는 빗소리를 들으며 비의 한가운데 서 있습니다. 뜨거운 물 한 잔을 마시며 물이 지나간 길에 일어서는 감각을 그려보는 중입니다. 소리로 존재를 알리는 비. 비의 죽음이 물로 흐르고 있습니다.

온통 죽음의 아우성 속 나는 살아있는 사람. 살아있는 사람의 몸 깊은 곳으로 따뜻한 물을 밀어 넣습니다. 물의 순례… 살아있는 모든 것은 아니 존재하는 모든 것들은 날마다 순례의 길을 나서겠지요.

시니피에와 시니피앙이란 말이 수문으로 빠져나가는 물처럼 소용돌이칩니다. 활어처럼 퍼득이는 심장으로 비의 뒷 풍경을 봅니다. 때로 벼리 된 날보다 뭉텅한 것이 예리한 법이라며 틈이 된 비, 낮은 파문을 남깁니다.

여행의 은유

삶에 있어 감각과 정서의 즐거움을 동시에 채워주는 것이 여행입니다. 여행은 익숙한 것으로부터 벗어나 이방인으로 걸어가는 길입니다. 아니 나의 사막으로부터 걸어 나와 나를 반란하는 일입니다. 어쩌면 나를 향한 빛을 받아들이는 것이 또한 여행인지도 모릅니다. 그것은 곳곳에 숨은그림처럼 웅크린 질문을 발견하는 희열이지요.

한때는 사람이 살 수 없는 황폐화된 섬이었으나 이젠 세계인들의 발길이 끊이질 않는 예술의 섬 나오시마, 데지마, 이누지마의 3박 4일이 그랬습니다. 나오시마행은 여행의 통념으로부터 벗어나, 본다는 것의 의미는 무엇인가에 두었지요. 나아가 예술의 권위는 어디에서 기인되는가에 따른 다양한 시각에 대한 교유였다고 할까요.

반란의 시작은 멀리 있지 않았습니다. 그것은 단단하게 결박된 언어의 틀이 깨지는 충격이었습니다. 비유하자면 초음속 비행기의 굉음 같은 놀라움 말입니다. 번잡하게 난립하지 않은, 그러면서 밑바닥으로부터 차분하게 쌓아온 일본의 생활문화와 미적 감각은 그 섬에 대한 일차적 통념을 깨기에 충분했습니다.

가령, 도시 재생 프로젝트의 일번지로 등장하는 흔하디흔한 벽화 대신 일상의 삶이 예술 작품들과 자연스럽게 습합되어 있다는 것이지요. 주민들의 일상과 박리되지 않은 예술, 나무가 가지고 있는 본질을 드러나게 할 뿐 페인트로 덧칠하지 않는 주거문화를 통해 아름다움은 자연스러움에서 기인됨을 새삼 보았습니다.

그곳에 예술이 있었습니다. 그곳에 사람이 있었습니다. 나오시마가 세계인의 주목을 받는 것은 안도 다다오의 건축이 있어서가 아니라, 쿠사마 야요이의 작품이 있어서가 아니라 옛것을 지우지 않고도 새것을 만들어 내는 예술적 상상력 때문이 아닐까요. 무엇보다 그 땅에서 뿌리 내린 사람의 이야기가 공존하며, 주민이 참여한 예술프로젝트 때문일 거라는 어떤 결론에 이르렀습니다.

사람의 이야기는 역사가 되며 시간은 풍화되면서 문화를 만들어갑니다. 인간이 과거 자신의 모습을 인식하기 위해서는 자신의 기억을 의식적으로 생각해 낼 수 있어야 한다는 C.J 휘트로의 주장처럼 과거의 기억은 그 내용이 무엇이 되었든 현재의 우리에게 힘이 되지 않던가요.

우리는 무엇을 볼까요. 본다는 것의 의미는 무엇일까요. '본다'는 일차적 경험은 일상성입니다. 오감을 통해 다가오는 형상과 인식… 그러나 일상성을 넘어서 보이지 않은 것이 보이기 시작할 때의 '어리둥절'은 충격이라 할 수 있습니다. 자연을 끌어들인 안도 다다오의 공간에서 만난 '어리둥절'은 빛과 그늘의 오묘한 관계였습니다. 그 공간의 그늘은 어둠이 아니라 명암이었지요. 물체와 물체가 만들어 내는 그늘의 일렁임으로 보는 사물은 어떤 울림으로 흔들렸습니다.

오직 감탄사로 만나는 경이로운 때를 숭고라고 했던가요. 인간의 언어가 무색해지는 순간. 감탄사조차도 꼬리를 감출 때의 경이로움. 본다는 것조차도 잃어버린 몰아沒我의 순간이 예술의 권위라면 지추 미술관에서 만난 빛의 마술사 제임스 터렐이 그랬습니다.

예술로 재생된 섬을 걸으며 문득 부산의 오래된 골목이 생각났습니다. 옛 흔적은 지워지고 알록달록한 컨테이너가 자리한 부산의 어느 포구가, 일상의 삶은 뒤로 물러나고 상업공간이 차지한 어느 마을이 나오시마와 자꾸만 오버랩되었지요. 아니 시원한 대로를 중심으로 나눠진 이쪽과 저쪽의 상이한 생태문화가 집요하게 나를 흔들었습니다. '부산이라 좋다' 속에는 마천루 같은 고층 건물도 있으나 퇴락한 문설주, 쑥부쟁이가 제멋대로 자라나는 집들도 여전히 존재하니까요. 화려한 축제도 있으나 지난한 삶의 이야기를 간직한 식은 노을 같은 골목도 있습니다.

돌이켜보면 과거를 통해 미래를 열어가는 틈은 역시 인간의 상상력입니다. 건축적 폐허 위에 핀 일상의 예술과 쓸모없음 가운데 쓸모 있음을 발견하는 숨통 같은 길을 상상해 보았습니다. 백 년을 못사는 인간의 서사, 잊혀지는 것도 잊는 것도 삶이라지만 그럼에도 불멸로 이어지는 것은 무엇보다 예술이 있기 때문일 겁니다. 오직 손끝의 온기로 읽혀지는 점자처럼 한 점 한 점 걸어가는 여행의 은유, 그것은 오래된 미래를 향한 순례의 길입니다. 멈추지 않을 이야기의 길 위에서 만나는, 새 길입니다.

연희

떨어진 잎 되어 부령으로 가는 날 이 세상 어디에
도 내 한 몸 받아줄 곳이 없었다오. 마른 풀처럼 버
석거리는 다리를 끌어 푸석푸석 빛없는 눈으로 걷고
걸었지요. 산천이 잠든 밤에도 잠들지 않아야 하는
죄인의 몸. 익숙한 모든 것들로부터 떠나야 한다는
것이 낯선 곳으로 가는 서러움보다 더 컸다오.

한겨울 매서운 추위에 뼛속까지 어는 밤은 나도
모르게 아랫니 윗니가 부딪쳐 고드름 부러지는 소리
를 냈지요. 사직을 뒤집을 중죄인들이 간다는 부령
으로 가야 했던 이유는 하지 않았던 일에 연루되었
기 때문이었소. 극변잔업이라… 내 나이 서른 둘…
세상과 나 자신에 대한 희망으로 부풀어 있던 때 마
주한 절망은 밤마다 모여 서학을 이야기한다는 유언

비어 때문이었소.

나는 어려서부터 글쓰기를 좋아하고 글 읽기를 좋아했지요. 문장에 뛰어난 부친은 겨울밤 우리 형제가 경 읽는 소리를 좋아하셨소. 상상해보시오. 발목까지 눈이 쌓인 날 낮은 담을 넘고 마당을 지나 아버지 귀에 도착하는 두 아들의 독경소리… 잔가지 끝에 쌓인 눈이 제 무게를 못 이겨 툭 떨어지는 밤, 머리를 맞대고 눈 쌓이듯 좌우로 리듬을 맞추며 글 읽는 형제의 그림을… 때때로 잘못된 부분을 잡아주시며 전실典實의 품격을 가르쳐주셨지요. 내게는 언제나 그립고 따뜻한 풍경이라오.

유배형이 내려지고 이틀이 지나지 않아 그 춥고 험한 길에 올라야 했소. 내 울분이야 어찌 말로 다 하리오. 내 혀는 이미 말할 수 없는 혀가 되었고 내 발은 움직일 수 없는 발이 되었으니…, 오직 붓끝으로 통탄함을 어루만질 수밖에… 그러나 그 길에서 따뜻한 사람을 만나기도 했소, 하얀 손을 가진 한양 문생에게 위로의 말을 건네는 시골 노인… 어떻게든 따뜻한 위로를 슬쩍 내려주는 그들의 온기를 안고 부령에 당도 했지요.

아! 연희

그곳 부령에서 지낸 4년은 온통 그대로부터 받은 선물 같은 시간이었소. 비참한 귀향살이… 설령 억울한 옥사라 하더라도 서학쟁이 설화의 주범으로 몰린 나를 관아에서 곱게 봐줄 리가 없지요, 추위와 긴장에 쪼그라든 폐는 병을 앓아 하루에도 서너 차례 피를 토할 지경이었으니 내 처참함을 어디에다 견주겠소. 게다가 나에 대한 혹독한 감시를 늦추지 않았으니 비통함과 참담함으로 내게 실날같은 희망이란 말조차 가질 수가 없었소. 연희 그대를 알기 전까지는 말이오.

물기 없는 내 그렁그렁한 눈빛을 금방 탄 솜처럼 따뜻하게 받아주던 연희. 깊은 절망으로 그림자조차 짧아지던 나를 잡아준 연희. 살구꽃 얼굴을 가진 연희. 꽃피는 날이면 꽃잎을 따 내 수염에 장난을 치던 연희. 장마 끝에 뜬 달을 보러 나선 등 뒤로 가만가만 치마를 끌며 다가와 우산을 씌워주던 연희. 근심에 뒤엉킨 겨울밤 볼우물 화로에 술을 데워 나를 데워주던 연희. 술잔에 일렁이는 달빛 같은 연희. 그 달빛에 벙그는 꽃잎 같은 연희. 문 열면 사립문에 술

들고 서 있을 것 같은 나의 연희. 내 평생을 그리워
하고도 모자랄 그대 연희…

그러나 신유사옥에 다시 고초를 겪고선 남쪽 바닷
가 마을로 이배 되었소. 사람의 이별이란 말로 다 헤
아릴 수 없으니… 그곳 차가운 땅에 그대를 남기고
떠나야 할 유배자의 간담이란… 그곳에서 4년을 지
내고 다시 경상도 진동만 바닷가 마을로 이배되어 5
년을 사는 동안 나를 지켜준 것은 그대와의 아름다
운 기억이라오. 연희가 내게 해준 모든 날 모든 순
간의 기억은 오래오래 나를 살게 하는 이유라오.

그대 있는 부령을 떠나 남쪽 바닷가에 온 후로 나
는 또 날마다 북쪽 그 바닷가를 그리워한다오. 육신
의 고단함과 정신의 황폐함을 견디기 위해 날마다
일기를 썼소. 진해 바닷가 마을로 있는 동안 온통 그
리운 그대 생각뿐이오. 파도에 씻긴 내 주름진 눈은
천리 밖 먼 길 그대에게 가 있다오. 그리움을 시접
하여 글로 쓰듯 바닷속 생물을 글로 그렸다오. 우해
에서의 어보는 내게 그리운 그대라오.

아! 추억 속의 그대 연희…

🌿

첫눈처럼

심리적 자원이 가장 풍요로웠던 시기. 잊을 수 없는 추억과 사연이 깃든 시간. 생의 아름다운 시간으로 돌아간다면 나는 당장이라도 돌아갈 그 아름다운 시간이 떠오르지 않습니다. 지금 여기의 삶이 가장 풍요롭기 때문입니다. 지금 여기의 시간이 가장 아름답기 때문입니다.

터키로 여행을 떠난 그가 이스탄불의 잠 못 드는 밤 풍경을 보내온 새벽. 나는 첫눈을 만나러 동해선 첫 기차를 타러 갔습니다. 밤부터 내리던 비는 그칠 줄 모르고 온통 추상화를 뿌려대고 있었습니다. 느닷없이 기차를 탄 것은 내 삶의 엄숙을 깨는 일입니다. 나목의 겨울눈이 비를 맞아 제 속을 밀어내듯이 나도, 나를 밀어내고 싶었습니다.

태생적으로 눈을 좋아하기에 겨울이면, 구름이 일 때마다 눈을 기다렸습니다. 살아가면서 두고두고 가슴에 새길 인연도 첫눈처럼 온다고 믿었지요. 내가 첫눈을 고대했던 건 아마도 첫눈처럼 다가온 운명 때문인지도 모릅니다. 강원도 눈 소식에 느닷없이 새벽 기차를 타는 건 이국異國의 그에게 첫눈처럼 다가가고 싶었기 때문이었습니다.

눈을 만나러 가는 길, 종착역 차표를 끊었으니 어디든 마음이 머무는 역에서 내릴 요량입니다. 비가 멈춘 곳엔 안개가 스멀거렸지요. 안개 끝에 눈길이 나왔으면 좋겠다는 바람에 마음은 낡은 문풍지처럼 덜컹이고 있었습니다. 그러나 경주를 지나도록 안개는 걷히지 않습니다. 하여 내 모든 감각은 창밖 하늘에 멈추었습니다. 화본역을 지나니 세상은 더 깊은 안개에 묻히고 선계仙界로 가는 길목처럼 아스라한데, 허기를 느낀 궁핍한 정신은 나를 더욱 세웁니다.

기차는 내륙 산간으로 향하고 산 아래 천수답엔 지난 계절이 젖어 걸렸습니다. 안개 속에 잡목림을 지나고 봉화 춘양 영주를 지나면 강원도로 들어가는데, 눈은 눈곱만큼도 눈을 내밀지 않습니다. 밖으로 향한 눈을 안으로 돌려봅니다. 기설제. 음복주라도 할까 했더니 창밖 산세가 달라졌습니다.

　그 순간, 객혈하듯 울컥대는 기차 소리에 풍경이 달라질지도 모른다는 기대감으로 가슴이 뛰기 시작했습니다. 그러나 속력을 내지 못하는 기차는 기적만 지르는데 눈처럼 날리는 안개 속에 시간만 속절없이 저물어 갑니다. 비 오는 겨울 해거름에 듣는 기차의 외마디는, 흡사 눈이 착한 사슴의 울음을 보는 듯 했지요.

　검은 눈이 내린다는 도계역, 이쯤이 아마도 스위치백 구간이었던가요. 앞으로 가기 위해 뒷걸음치는 길. 살아가는 일도 때론 스위치백입니다. 나아가기 위해서는 때로 물러섬을 알아야 하고, 오르기 위해서는 내려설 줄 알아야 하지 않던가요. 그것은 힘을 빼고서 그냥 길의 흐름을 타는 것입니다. 힘 빼기는 부드러워진다는 것이지요. 내게 여행이란 미끄럼타듯 길을 걷는 일인지도 모릅니다.

　이스탄불의 여행자, 그가 돌아오고 있다는 기별이 왔습니다. 그 길에 나는 끝내 눈을 만나지는 못했습니다. 그러나 활어처럼 퍼득이는 동해의 언어를 건졌습니다. 먼 에게해를 돌아온 동해를 끼고 나는 지금 그를 만나러 갑니다. 첫눈처럼.

제4부

가려움에 대하여

통증의 진원이 깊습니다. 견갑골 한 치 아래 힘줄과 신경이 어지러이 교차되는 지점으로 짐작됩니다. 통증은 진앙으로부터 방사형으로 번지고 있습니다. 통점을 찍어가며 선으로 꿰어 보았습니다.

통점과 통점 사이는 먼데 통증은 속도가 빠릅니다. 어쩌면 보태어진 심리적 요인이 아득한 상황을 더욱 부풀리는지도 모르겠습니다. 오래전 간이역엔 기차의 급수를 위한 물 저장소가 있었다지요. 이제는 폐역이 된 간이역이 설핏 생각났습니다. 뒤차를 먼저 보내며 급수를 하던 기차처럼, 통점이란 간이역에서 나는 달려온 길과 달려갈 길을 그려봅니다.

몸도 땅도 길이 막히면 긴급 복구가 필요하듯 응급처방으로 파스를 붙였습니다. 진앙을 덮어버린 파스는 일순간 통증을 잡아주는 듯 했습니다. 약물이 스며드는 지점에서 통점을 찾아 들어가는 굴착기처럼 내 감각도 진원지를 찾아가고 있습니다.

그러나 파스를 처음 경험한 살갗의 저항은 뜻밖에 강했습니다. 손바닥만 한 파스에 압박당한 피부는 처음엔 화끈거리더니 벌겋게 부풀어 올랐습니다. 서너 시간이 지나자 가려움이 좀벌레처럼 기어다녔습니다. 그 느낌이란 게 참 묘하더군요. 머리카락 한 올이, 닿지 않은 몸 어느 한쪽을 밀려다니는 것 같다고 할까요. 아니면 변태 중인 갑각류의 미동 없는 몸부림이라고 할까요.

가려움이란 내 의식의 문제인가 세포의 문제인지 궁금해지기 시작했습니다. 부분은 전체로 통하는 길이라 주억거리며 팔을 어깨 뒤로 뻗었습니다. 깊은 바다 저인망으로 바닥을 훑듯이 손바닥으로 위아래로 당겼습니다. 모래 알갱이 같은 수포가 저마다의 높이를 자랑하며 어떤 것은 빠져나가고 어떤 것은 손가락 끝으로 걸러 들더군요.

아. 나는 그 순간 매화에 미친 사람 조희룡이 된 듯 했습니다. '가려움에 대하여'란 그의 척독을 읽듯이 나의 가려움을 보고 있었습니다. 문장이란 어쩌

면 가장 넓은 세계 아닐까요. 아니, 가장 천천히 스며드는 세계는 아닐까요. 비린 것을 먹으면 두드러기가 돋는 체질을 가진 이가 조희룡이었습니다. 추사의 제자라는 이유로 임자도 귀양살이를 갔지요. 섬의 식재료란 비린 것으로부터 자유로울 수 없었을 겁니다. 습생을 조심하고 또 조심했으나 어느 날 부지불식간에 돋아난 두드러기와 가려움으로 고생한 글을 남겼습니다.

겪어본 사람은 알겠지요. 피가 나도록 긁어도 멈춰지지 않은 가려움은 차라리 고통입니다. 육신이 잠든 순간에도 손은 저절로 가려운 데로 옮겨가 긁게 되니 고통이란 어쩌면 본능에 대한 자각인지도 모릅니다. 두드러기라는 현상과 긁는 행위 사이에서 마주한 가려움에 대한 사유… 저마다 높이가 다른 산처럼 융기한 살갗의 돌기도 저마다 높이가 달라 가려움의 깊이도 다르다는 조희룡은 생물적 현상을 문학으로 풀어냈습니다. 높이가 다르니 깊이가 다르고, 한차례 손톱이 지나가도 그다음 높이의 돌기가 버티고 있으니 또 긁게 된다는 것이지요. 피가 나도 또 긁는 것은 가려움의 뿌리가 저마다 그 깊이를 달리하기 때문이란 그의 문장을 생각하면서 나는 나의 가려움을 잊으려고 애썼습니다.

가려움이 오는 길섶으로 의식을 가져갑니다. 섬유에 닿은 살갗으로부터 시작된 가려움은 마치 죽방렴에 고인 은멸치 떼처럼 파닥거립니다. 2밀리로 깨어나 15센티로 자라는 멸치는 십만 개의 알을 낳고서야 생을 다한다지요. 아직 생의 역할을 다하지 못한 채 죽방렴에 갇혔으니 그 억울함 짐작이 갑니다. 몸으로부터 튀어나온 돌기가 미치도록 가려운 것 또한 존재의 몸부림이겠지요.

한 치 아래 힘줄이 빚어낸 한 치 앞을 걷는 중입니다. 저항은 생의 의지일 겁니다. 화학 약물에 저항하는 살갗의 저항은 두드러기라는 병리적 현상을 통해 내 의식을 환기시키고 있습니다. 가려움이란, 이것과 저것 사이에서 일어나는 어떤 의지이겠지요. 어쩌면 육체적 존재이자 의식적 존재로서 나에 대한 발견은 아닐까요.

지금, 그대의 어깨는 안녕하신가요.

익숙함에 대하여

　자정에 선 비를 봅니다. 어제로부터 박리된 오늘, 밖은 차고 나는 뜨겁습니다. 밖은 어둡고 나는 붉습니다. 몇 날을 가라앉힌 맑은 청주의 어둠입니다. 자정의 감각은 미풍에 흔들리는 염소수염처럼 편안합니다.

　편안하다는 것은 익숙하다는 것입니다. 그러나 익숙하다는 것은 권태의 시작입니다. 생의 본성은 끊임없이 새로움을 추구하기 때문입니다. 결국은 익숙함으로 돌아오고야 말지만요. 권태란 틈의 다른 이름입니다. 사전적 의미야 시들해져서 생기는 게 으름이나 싫증입니다만 사전적 의미가 미처 담아내지 못하는 것이 있습니다. 그 언어를 사용하는 사람이 걸어온 길이지요. 언어가 가둔 길이 사전이라면 언어를 사용하는 시간이 걸어온 풍경은 말이기 때문입니다.

말은 무형의 형태잖아요. 서운함이 깊어 상처가 되는 것은 언어가 아니라 말이잖아요. 무심코 용수철처럼 튀어나온 말이 만든 강렬한 파열음은 마침내 화석이 됩니다. 그러나 말의 화석은 흉터가 되지 못하고 헤집어진 상처로 남습니다.

삶은 흘러야 합니다. 흘려보내지 못한 상처에 결국 영혼은 잠식당하고 말지요. 무형에 잠식당한 유형엔 생의 다양성마저 사라지고 말겠지요. 무지개가 아름다운 것은 색의 경계가 품은 다양성 때문이라지요. 바다가 위대한 것도 무수히 많은 생물이 그 속에 살아가기 때문이랍니다.

길고 짧은 두 개의 기호로 64 괘상을 만들어 낸 주역의 마지막 괘도 '미제未濟'잖아요. 생이란 영원한 미제 아닌가요. 완료되지 않음의 연속… 우리는 순간이라는 '기제旣濟'를 지나 미제를 걸어가는 것이지요. 똑 부러지게 떨어지지 않기에 가질 수 있는 가능성과 상상력이 주는 어떤 희망 미제, 그것이 우리로 하여금 낯선 풍경을 만나도록 합니다.

낯섦은 익숙함의 뒷면입니다. 나뭇잎의 뒷면처럼,

달의 뒷면처럼, 익숙함의 뒷면은 상상 가능한 새로움일 지도 모릅니다. 익숙함이 주는 권태, 어쩌면 그 권태로부터 자유롭기 위해서는 다른 곳으로 찾아가는 지표의 이동이 아니라 시선의 이동이 필요할지 모릅니다.

겨울 햇살이 내려앉은 동백 이파리의 앞면은 어떤가요. 바람에 파닥거리는 동백나무의 군무는 흡사 윤슬이 쏟아진 하얀 바다를 연상시킵니다. 지심도의 동백 길을 좋아합니다. 겨울 동백 숲에 들어 한참을 걷다 보면 처음의 환호는 깊숙이 침잠하고 오직 발소리만 남습니다. 최초의 낯선 풍경이 사라진 자리에 들어온 익숙한 너무나 익숙한 풍경에 그만 감각은 시들해집니다. 그 순간 바람이 불어옵니다. 그 바람에 일순간 나무는 요동을 칩니다. 바람이 빠져나가는 동백 숲은 혼돈입니다. 그러나 이파리의 윤슬이 흩어지며 몰고 온 풍경, 동백 잎의 뒷면을 나는 좋아합니다. 마른 손에 툭툭 불거진 핏줄 같은 뒷면을 봅니다. 앞면처럼 반짝이지 않아도, 반짝이는 앞면을 지탱하는 철심 같은 뒷면의 잎맥을 좋아합니다. 그것은 익숙하지 않은 풍경입니다. 그 익숙하지 않은 풍경은 익숙한 풍경의 뒷면이 아닌가요.

권태의 틈엔 낯선 풍경이 자랍니다. 낯선 풍경은 생생함입니다. 생생함이란 거친 표면을 가집니다. 거친 표면을 다듬어 가는 것은 어쩌면 익숙함으로 가는 길인지로 모릅니다. 참 희안하지요. 생생함이 주는 거친 표면은 오히려 쫄깃한 긴장을 준다는 겁니다. 그것은 오감을 자극하며 마침내 섬세한 언어로 결구 된다는 것이지요. 섬세함은 '그동안'이란 시간 밖으로 나와 질문을 던지기 시작합니다. 바닷물에 조탁되는 몽돌처럼 낯선 풍경은 다시 익숙함으로 조탁되는 것이지요.

　권태라는 말이 걸어온 시간 속에는 어쩜 어떤 바람이 들어있는지도 모릅니다. 바람은 두레박처럼 끊임없이 첨벙거립니다. 그러나 그 바람, 다른 곳으로 날려버리는 활시위가 아닌 익숙함의 뒷면으로 향한 문은 아닐까요. 그럴 때의 문은 밖으로 향한 눈을 안으로 돌리는 풍향계입니다.

　이젠 말이 걸어온 시간에 까스러기를 만들기보다는 수시로 낯선 풍경으로 걸어보려고요. 나는 그대의 날 선 풍경이 아닌 낯선 풍경이 되고 싶습니다. 우리의 시간이 한참 늙어 또 늙어가도 나는 그대의 낯선 풍경으로 서고 싶습니다.

별의 사막으로 갑니다

그대라는 바다에서 나는 지금의 언어입니다.

여행이란 모든 걸 잊고 걷는 길이지만 어쩌면 더욱 선명하게 기억을 떠올리는 그림이기도 합니다. 본성이 이끄는 대로 움직이는 것, 스스로의 편견으로부터 벗어나는 것, 어쩌면… 자신에게 진실해지는 것도 여행에서 만나는 행운입니다. 그래서 마침내 모든 것이 포용되며 무엇으로 있든 이해를 구하지 않아도 되는 것이 여행이 주는 자유입니다.

그날, 테이블로 찾아드는 나이 든 여인에게 20바트 팁을 건넸습니다. 거을린 얼굴에 드러난 붉은 잇몸에 먼저 눈이 갔습니다. 잇몸을 드러내어 웃는 일만큼 기분 좋은 일이 있을까요. 상대의 시선을 의식하지 않고 오직 나로 웃을 때라야 가능하니까요. 여인의 잇몸을 보며 나도 입꼬리를 관자놀이까지 밀어 올렸습니다.

서툰 우리말로 인사하는 그에게 한국어는 생의 절실함인지도 모릅니다. 이국의 여행객에게 건네는 이국어 인사가 반가워 또 한 번 웃었습니다. 이국어 언어로 인사를 건네야 하는 접객의 절실함은 견고한 바닥이 되겠지요. 무엇이든 더 할 수 있는 꿈, 한때의 우리도 그런 절실함으로 바닥을 다졌으며 그로 인해 너른 세상을 발견할 수 있었습니다.

나이 든 여자의 '고맙습니다'를 보면서 칠십 생을 쌓아 올린 한 여자가 생각났습니다. 불합리한 현실을 도망치며 택했던 엘도라도가 그녀에겐 일본이었지요. 생의 막바지라는 절실함과 절박함으로 여자는 밀항을 했습니다. 수모와 차별을 견디어 낸 것은 어떤 결연한 의지 때문이 아니라 산목숨이었기 때문이었다는 그녀의 건조한 말에는 언제나 물기가 흘렀습니다.

기억이란 놈은 얼마나 질긴가요. 잊은 듯 하다가도 어느 순간 불쑥 튀어나와 심사를 헤집어 놓기도 하니 기억이란 놈은 참으로 모질기도 합니다. 그녀를 감고 있는 기억은 웃음이 눈물이요, 눈물이 곧 웃음이었으니 아마 생이 꺾인 후에라야 비로소 해방될 테지요. 그러니 어떤 삶도 이해의 대상이 아닙니다. 모든 생은 저마다의 바닥을 딛고 일어선 나무기 때문입니다.

여행이란 별의 사막을 건너는 몽환을 만나는 것인지도 모릅니다. 지붕으로 가라앉은 저녁노을 속에 와인 잔을 들었습니다. 미각 세포 사이로 묵직한 산미가 거침없이 파고들었습니다. 그 바람에 움찔하며 의식도 일어섭니다. 칼립소의 정원에 길을 놓아버린 오딧세우스가 된 기분입니다. 한 번도 들어본 적 없는 새소리와 달콤한 향기에 묻힌 살캉한 언어에 오딧세우스는 현기증을 일으켰을 겁니다.

어떤 발견이란 겨울잠 자듯 감겼던 무의식의 틈에 똬리를 튼 의식을 깨우는 희열이랄까요. 융기된 땅만 산과 골짜기를 만드는 건 아니겠지요. 사람의 감성과 이성에도 굽이가 있어 시시때때로 융기하고 침잠한다는 걸 이제사 알겠습니다. 태풍이 뒤집어 놓은 산하에 다시 자리를 잡아가는 자정작용처럼 나를 자정하는 중입니다.

나는 어린 왕자처럼 별의 바다를 건너 바다의 사막을 만나러 갑니다. 꿈길인 듯 어제의 시간들이 아련합니다. 온기가 빠져나갈까 봐 눈을 깜빡거리는 것조차 아깝습니다. 이 섬에서 그 섬으로, 장주의 나비가 되어 별의 사막으로 갑니다.

그대에게 나는 절정 이전의 언어이고 싶습니다.

영화처럼 걸어요

지난밤엔 엄청 큰 푸른 달이 온다 해서 무척이나 설레었습니다. 혹 월하대작을 찾아 나선 길에 돌아올 길을 잃을까 싶었던가 비가 대신 왔습니다. 비를 보면서 각처에서 보내오는 달 그림으로도 좋았습니다.

붓끝에 달려 나온 흐린 문장을 봅니다. 글자의 흐릿함이란 캄캄함보다는 답답함입니다. 노화 현상이라는 말과 함께 덧붙여진 노안이라는 말이 언제부터인가 편안해졌습니다. 거절할 수 없는 선물이 나이라고 했던가요. 예기치 못한 일 앞에서 침 한 번 꼴딱 삼킬 수 있는 여유도 나이 듦이 주는 보상입니다.

본다는 것이 단지 눈에 들어오는 것이라고 여기던 때가 있었습니다. 돌이켜보면 그것은 지극히 감각적인 일입니다. 더욱이 감각기관이 제 역할을 하지 못할 때는 왜곡된 상을 진리로 인식하는 실수를 하고 말지요. 무엇보다 감각에 의한 대상의 인식은 결국 편견을 낳게 됩니다. 대상이 가진 본질에 대한 고민은 하지도 못한 채 그저 형상에 머물수록 사유도 단순한 언어의 나열에 머물고 말았습니다.

나이 듦이란, 자신의 경계를 인식하는 것이겠지요. 불확실한 미래에 대해 끝없이 고민하며 살아왔던 이십 대, 현실적 존재이면서 끝없이 이상을 추구했던 삼십 대, 삶의 미로 속에 방정식 같은 매듭을 풀어 가며 지나온 삼십 대에 비해 장년長年은 지난 시간에 대하여 이제 정리를 해야 할 시기입니다. 거창한 새로운 뭔가를 계획하고 실행하기보다는 지나온 시간을 갈무리하고 자신에 대한 사유를 깊이 해야 할 때이겠지요.

현실과 이상의 괴리감에 가슴 아파하지 않아도 되는 시기, 아니 더 이상 조바심이 생기지 않는 시기. 이즈음은 안다는 것의 개념도 확장되어 즉시적인 답이 아니라 한 번쯤 물러서서 답을 생각합니다. 그래서 제도권 교육을 통해서 배운 것이 절대화되는 것이 아니라 삶의 경험과 사유의 결과 생기는 품격이 곧 그 사람의 첫인상이 됩니다. 하여 이 시기의 가슴은 무엇이든 담백하게 받아들일 줄 아는 여백을 품습니다.

때로는 예기치 못한 상황 앞에서 허둥거리기보다는 의연함을 보여주어야 합니다. 잠시 흔들림은 있을지언정 기울어지면 안 되기 때문입니다. 잠시 기울어짐은 있을지언정 넘어져서는 안 되기에 스스로 균형을 잡아야 합니다. 그 순간 경계에 선 사람이 됩니다. 시시각각 다가오는 상황 속에 비로소 자신에 대한 진지한 삶의 물음을 던지는 것입니다. 때로 막연한 불안함으로, 때로 삶에 대한 진지한 성찰을 내포하는 질문을 수없이 던지며 고뇌하고 자각하는 것이 장년의 흔들림입니다. 하여 장년의 흔들림은 내부로부터 발생하는 균열입니다.

그러나 장년의 흔들림은 상실이 아니라 발견에 있습니다. 의식의 미세한 균열이 마침내 경쟁 속에 놓아버린 잃어버린 감성을 흔들어 깨우는 것이지요. 그 과정에서 비로소 소박한 자유의 의미를 획득할 수 있는 것 또한 나이 듦이 주는 특별한 선물입니다. 이런 삶의 자각이 있기에 장년은 자신의 삶의 의미를 다시 한번 재구성하는 시도를 시작합니다. 지난 삶의 자각을 통해서 새로운 가능성의 길을 갑니다. 깊이가 있되 무겁지 않으며 화려하지 않지만 수수한 아름다움이, 흔들리되 균형을 잃지 않는 중심이 있습니다.

눈에 보이지 않아도… 생각만으로 설렌 달빛처럼 … 그대 내게 언제나 달빛입니다. 9월엔 달빛처럼 만나러 가겠습니다. 우리, 영화처럼 걸어요.

은밀하게 내밀하게

편지를 받은 지 한 달이 지나고 있습니다. 그러나 답으로 보낼 문장이 좀처럼 잡히질 않네요. 책을 열었습니다. 끄트머리가 될 낱말 하나를 붙잡고 싶었습니다. 낱말이 불러올 갖가지 길을 상상하며 문장을 걸을 수 있을 거란 근거 없는 자신감 때문입니다.

두텁게 물들어 가는 감잎을 보거나, 저절로 피고 지는 풀꽃을 보면서 우두커니 보내는 사이 계절이 깊어지고 있습니다. 기세등등하던 여름풀이 어느 사이 힘을 빼고 그 빛마저 바래졌습니다. 멀리 나가지 않아도 풍경의 뒷모습을 마당에서 봅니다.

마당은 풀이 점령하는 때가 더 많습니다. 사람이 지나는 길에만 흙이 드러날 뿐 거의 대부분의 마당은 풀들의 전쟁터지요. 사람의 손이 들어가지 않으니 저들끼리 영토 싸움을 하고 세력을 넓혀갑니다. 그러나 풀들의 전쟁터엔 아비규환이 없어 좋습니다.

치열하던 전쟁도 서리가 내리면 일제히 멈추지요. 밖으로 드러낸 촉수를 안으로 거두어 전열을 가다듬습니다. 이때가 풀들에겐 평화의 시기입니다. 성급하게 뿌리를 드러내면 썩어버리거나 얼어버린다는 것을 알기에 그들은 언 땅 아래서 다시 봄을 기다려 단단히 뿌리를 웅크립니다. 그러니 작은 마당에서 일어나는 풀들의 움직임을 보는 것이 곧 세상이라는 책을 읽는 것과 같았습니다.

지난여름, 하필 제멋대로 자란 강아지풀이며 바랭이, 망초들의 각축이 한창일 때 벗들이 왔습니다. 술이 한 순배 돌자 그가 눈치를 살피더니 물었습니다. 어찌해서 풀을 베지 않는지—— 사람의 집에 화초가 자라는 건 봤어도 잡초를 두고 보는 사람은 처음이니 그 이유나 들어보자고…

생각해보니 애써 화초와 잡초를 구분할 이유가 그동안은 없었습니다. 이름을 얻은 풀도 꽃을 피우고 이름을 얻지 못한 풀도 꽃을 피우기는 한 가지니까요. 꽃을 피우니 예쁘고, 예쁘니 자꾸 눈이 가고, 눈이 가니 걸음이 닿고, 걸음이 닿으니 날마다 귀 기울이게 됩니다. 풀도 제 살길을 압니다. 눈에 띄게 자라면 잘려 나갈 것을 알기에 미리 땅속뿌리를 넓게 뻗어놓습니다. 낮에 허리가 잘려 나갈 땐 마지막 진한 향기를 남기며 존재를 드러냅니다. 사람들이 좋아하는 풀냄새는 잘려 나간 풀의 몸통에서 뿜어 올리는 고통의 절규이지요. 인간처럼 말못하는 저들 여린 존재들의 언어입니다.

돌이켜보면 마당은 내 사유의 정원이었습니다. 이름없는 풀들은 내 언어의 조각들입니다. 달빛에 흔들리는 풀잎을 본 적 있는지요. 여리고 가느다란 이파리에 보름 달빛이 내려앉으면 그 달빛의 무게만큼 풀의 허리가 휘청입니다. 그런 달밤엔 달의 윤슬로 마당은 물결이 일렁입니다. 월인천강이 그 마당에 펼쳐지는 것이지요. 그 달빛 하나하나를 작은 숟가락으로 떠서 내 문장 속으로 들이고 싶을 지경입니다.

상상해 보셔요, 강아지풀 수염 끝에 고인 아침 이슬을, 그 이슬에 반영된 마당을요. 고 조그마한 한 방울에 온통 세상이 담깁니다. 그럴 땐 숨 쉬는 것도 아낍니다. 내 거친 호흡에 혹여 흔들린 이슬방울이 터진다면 그 속에 담긴 고요도 함께 흩어지지 않겠는지요. 그러니 얼마나 조심스럽게 한 걸음 한 걸음을 내 딛는지 모릅니다.

한 방울의 이슬이 되기 위해서 한밤 동안 물기를 잡아둔 강아지풀의 애씀은 또 어떤가요. 물기가 모여 이슬이 되고, 이슬이 모여 한 종지의 물이 되고, 그 물이 모이고 모여 웅덩이가 되는 것 아닌가요. 이름없고 보잘 것없는 것이 모여 세상을 만들어 가는 이치와 뭐가 다른가요. 나는 온 밤을 건너온 물기의 수고로움이 고마워 한잔하고, 풀잎에 내려앉는 달빛이 고와 한잔하고, 흔들리며 달빛과 화답하는 풀의 낭창한 허리가 좋아서 한잔합니다.

마당은 나를 나로 살게 하는 힘입니다, 감각의 눈으로 판단하지 말라는 경전입니다. 나는 풀 속에서 풀이 되어 풀을 봅니다. 그러나 정작 내가 쓰는 글 속에 내가 없었습니다. '편안함 속에 더 많은 이야기가 들어있어요. 쉽다고 가벼운 건 아니에요. 더 쉬워야 독자가 매료 돼요' 오월 끝물. 먼 곳에서 날아온 기막힌 말씀이 죽비소리로 내리쳤습니다.

마당을 봅니다. 여름이 은밀하게 떠난 자리에 가을, 내밀하게 들어앉습니다. 은밀과 내밀 사이 툭 떨어진 낱말 그대에게 보냅니다. 부디 열엿새 달밤에 열어보셔요.

접속에서 접촉으로

자음과 모음이 결구되어 일어서는 새벽. 문자에서 문장으로 형상화된 나는 랜선을 타고 너에게로 건너갑니다. 문장으로 형상화된 네가 기억에서 나와 기록으로 파고듭니다. 커서로 깜빡이는 눈 속으로 톡톡 머루알 터지듯 눈동자가 터집니다. 기록이 된 기억은 결이 되겠지요.

사람은 저마다의 고유한 결을 가지며, 결을 만들며 살아갑니다. 결이란 삶의 과정을 통해 형성된 고유성이라 할 수 있지요. 삶의 고유성이란 그 사람의 정체성이며, 정체성은 개인이 가지고 태어난 유전자의 기억뿐 아니라 직, 간접 경험을 통해 형성된 세계관, 가치관을 담습니다. 쌓아가는 시간과 경험이 퇴적된 지문이겠지요.

공동의 기억 속에 개인의 경험이 형상화된 문학은 우리 마음에 작은 종 하나를 품게 합니다. 작가의 경험이 나의 경험으로 다가오고, 작가의 세계관을 보면서 나의 지평을 넓혀갑니다. 책 속에 펼쳐진 다양한 길을 보면서 만나는 뜻밖의 경험은 끝없는 호기심과 함께 삶의 또 다른 열정으로 다가옵니다.

기억 속 어린 날 책 읽기는 눈이 아닌 귀로 시작되었습니다. 사랑방 댓돌 아래서 들었던 할아버지 여섯 형제분의 윤독은 무한한 상상의 세계로 나를 이끌었습니다. 읽는 이의 감정에 따라 들려오는 소리도 달랐으며 그럴 때마다 문장은 살아 꿈틀거렸습니다. 대숲에 일렁이는 바람처럼 들리는가 하면 일순간 들판을 내달리는 말굽처럼 거침없기도 했습니다. 보이지 않는 것과 보이는 것 사이, 눈에 보이는 것이 전부가 아님을 알게 된 것도 돌이켜보면 그 즈음의 경험 덕분입니다.

읽어주는 이 없어도 내가 보고 느끼는 감성으로 원고지를 채워가던 그 시절, 글쓰기는 내 마음을 들여다보고 어루만지는 유일한 도구였습니다. 계절이 오가는 것이며, 앞산이 안개 속에 숨었다 나오기를 반복하는 비 오는 날의 풍경, 사랑채 용마루에 앉아 흘러내리는 이웃 지붕의 내림마루 이야기를 깨알같이 적었지요. 누군가는 글을 쓰는 것은 무릎에 난 상처를 들여다보는 일이라고도 했지만요.

불확실한 내일에 대한 불안함보다는 오롯이 내 의식으로 한밤을 채우는 열정에 더 많은 시간을 할애했던 시절, 멋진 글귀를 인용하기 위해 도서관 계단을 오르내리다가 다양한 삶을 만났습니다. 오래된 이발소 퇴락한 벽에 걸린 푸시킨의 시를 외우며 삶이 나를 속인다할지라도 슬퍼하지 않으리라 어설픈 다짐도 했지요.

내가 나와 시작한 소통의 첫물은 어쩌면 글쓰기인지 모릅니다. 나에게 보내는 신호인 셈이지요. 지금은 문자 메세지의 시대. 사소한 글의 시그널은 존재를 형상화합니다. 한참 멀리에 있는 그대와 내가 날마다 접속하는 문자메세지… 그래서 씁니다. 그래서 연결되고 그래서 우리는 접속함으로 존재합니다.

그러나 문자로 형상화되는 그대보다 눈앞에 있는 그대가 더 좋습니다. 허공에 뿌리를 두고 거꾸로 서서 자라는 나무 말고 땅에 뿌리를 내려 보자고요. 프롬프트의 명멸로부터 벗어나와 눈의 온기로 접촉하면 어떨까요. 기대어 융기되는 산처럼, 자주 보고 자

꾸 봅시다. 미래로부터 날아오는 언어에 지도를 그
리면서요.

지독한 틈으로 오는 것

밤은 짧으나 통증은 길었습니다. 오래된 사진 뒷면에 적힌 붉은 글씨처럼 감각은 좀체 힘을 빼지 않았습니다. 명징한 색인 같은 통증에 먹지 않던 약을 챙긴 것은 낯선 일이 아니었습니다.

묘하게도 통증 속에 있으니 통증 밖의 일로부터는 자유로웠습니다. 얼핏 까마수트라 사두들의 수행법을 생각했습니다. 고통의 끝에 아니 육체를 극복해야 정신의 깨달음을 얻을 수 있다는 힌두교… 극한을 넘어서는 깨달음이라는 말을 주억거리는 사이 날이 밝았습니다. 말 없는 말이 굽이치는 순간을 걸어 나오며 쓸모란 말의 쓰임을 생각해 보았습니다

쓸모란 움직임이겠지요. 지독한 통증 앞에선 스스로 부동자세가 될 수밖에요. 굳이 나이를 밝히며 온

다는 오십견은 아닌데 말입니다. 단단히 결구된 회전근 섬유질 속 깊게 박힌 돌 하나를 뺀다는 게 쉬운 일인가요. 근육층이란 게 페이스트리 빵처럼 층위는 또 얼마나 많은지요. 그 미세한 층과 층을 파고드는 바늘의 뻑뻑함을 눈앞에 열린 초음파화면으로 보고 있었으니까요.

굵고 긴 바늘의 침범과 그 바늘로부터 나오는 주사액의 침윤… 아악 소리가 들어가고 뜨거운 눈물만 흔들리는 동공에서 뚝뚝 떨어졌으니까요. 늙어가는 건 대나무 마디처럼 불거지는 통증을 딛고 서는 일이라는 걸 눈으로 보고 있으니까요.

바늘이 가는 길은 통증의 시작으로 가는 지름길이었습니다. 타인의 살 속으로 주시기를 밀어 넣어야 했던 그 아찔했던 두려움이 기어 나왔습니다. 건강보험의 혜택이 제한적일 때였으니 아주 오래전의 일이지요. 위급한 상황을 대비하여 얼마간의 보장일 일자를 남겨두고 퇴원해야 했던 한 사람의 이야기입니다. 엉덩이를 4분의 1로 나누고, 근육이 많은 윗부분에 주사바늘을 찔러 넣어야 했던 어쩔 수 없는 날의 연속이었지요. 주사약이 퍼지기 좋은 지점까지 바늘을 밀어 넣을 때… 지점을 찾아 들어가는 바

늘로부터 전해지는 타인의 살… 근육의 층위를 지나
갈 때마다 내 손으로 전해지는 바늘의 감각이 어땠
을까요.

타인의 살은 쉽게 바늘을 받아들이지 않았습니다.
겨우 닿은 곳에 약을 밀어 넣어야 하는데 피스톤이
자꾸만 뒷걸음질을 쳤습니다. 밀려 나오는 피스톤
의 압력과 그것을 누르고 있어야 하는 내 손의 압력
은 매번 바리케이드를 치고 부딪쳤습니다. 그뿐인
가요 타인의 살 속에 박힌 바늘의 **뻑뻑함**은 스펀지
를 파고 들어가는 이물처럼 **뻐근했으니까요.**

먼지 알갱이 같은 돌을 빼낸 자리에 고인 통증은
상상초월입니다. 통증이란 것에 틈을 만들기 위해
선 통증 밖의 것을 찾아야 했습니다. 폭염은 광염으
로 전국을 달구는 날이 수 날째 이어졌지요. 너무 뜨
거워 꿈틀거리는 생물들이 모두 어딘가로 숨어버린
뻑뻑한 한낮을 걸었습니다. 걸음을 옮길 때마다 발
길에 채는 연기처럼 햇살이 흩어지고 밀려났습니다.
광염은 통증을 밀어냈습니다.

나는 독일 **빵집**에 앉아 갈색 문장으로 답장을 쓰
는 그 사람을 생각했습니다. 말린 무화과 같은 문장
을 보내며 저 아득한 파랑을 어쩜 좋냐고… 앙탈 같

은 탄성을 지르던 그의 모습이 보내온 편지 속에서 아우성 쳤습니다. 모든 지나간 시간은 하얗게 센다고… 한 오천 년 지나 눈 녹은 골짜기 말의 무덤으로 발견될 문장이 따박따박 이파리로 박혀있을 나무 하나 심을 거라고 나는 답을 했습니다.

잊혀져서 모른 게 아니라 몰라서 잊혀지는 것들을 생각하면서 물기 빠진 파도 사이로 일어서는 모눈종이 같은 시간을 걸었습니다. 새로운 땅을 찾아 바다를 건너온 물고기처럼 뿌리내려야겠다고 중얼거렸습니다. 독백으로 환생한 통증의 언어가 씹을수록 싸륵싸륵 전생의 무화과로 피는 한낮이 지독한 틈으로 오고 있었습니다.

환유에 기대어

향기가 갈라집니다. 아삭한 의식이 하얀 가리마처럼 눈을 뜹니다. 하얀 길을 따라 눈을 깜빡여 봅니다. 은유라는 말을 생각하면서 환유에 기대는 아침 다섯 시 삼십 분입니다

밤을 건너는 동안 잠들었던 감각의 층위가 흔들립니다. 눈꺼풀의 무게를 속눈썹으로 가늠해 봅니다. 눈꺼풀을 들어 올리는 속눈썹의 떨림이 정수리로 연결되는가 싶더니 이내 시상하부로 내려옵니다. 감각이 미끄러진 자리에 의식이 열립니다. 마른 입술이 정전기처럼 버석거립니다.

맞아요. 정전기입니다. 윗목에 벗어두던 붉은 내복에선 정전기가 수도 없이 일었지요. 부서지는 전기 소리는 붉은 비늘로 떨어진다는 것을 그때 보았

지요. 바람에 문풍지가 떨리는 소리만큼 정전기는 강렬한 마찰음을 냈습니다. 어느 때는 머리카락이 사방으로 솟구쳤고요. 또 어느 때는 빨간 내복이 살갗에 바짝 붙었습니다.

물기 없는 살과 물기 없는 나일론은 끌어당기기도 하고 밀어내기도 하면서 겨울밤을 지지직댔지요. 방송 시간이 끝난 브라운관 화면처럼요. 정전기로부터 벗어나는 길은 찹찹한 솜이불로 들어가는 겁니다. 빳빳하게 풀 먹인 이불 홑청은 맨몸으로 파고들어야 참 맛입니다. 살에 닿은 홑청의 바삭거림은 군더더기가 없습니다.

밤을 건너온 마른 입술이 열립니다. 내 속에 밤새 고였던 소리가 목젖을 타고 올라옵니다. 쇄골에 힘을 주어 턱을 당깁니다. 그 바람에 둥근 어깨가 더욱 웅크립니다. 천 년 동종의 맥놀이처럼 어깨는 틈을 만들어 냅니다. 틈을 만난 팔목이 기어이 두 팔을 어깨 위로 밀어 올립니다.

용트림하듯 두 팔을 비틀며 발끝으로 온 힘을 보냈습니다. 몸의 모든 끄트머리가 그 순간 동시에 생존 신호를 내보내는군요. 종아리 근육이 뻣뻣해지자 엄지 발가락은 휘어지며 아득히 먼 콧등을 향해 날을 세웁니다. 당기는 종아리와 멀어지는 발가락 사이에서 심장이 바삐 펌프질을 합니다.

　나는 펌프질하는 집이 부러웠습니다. 그 집 펌프엔 언제나 마중물이 고여 있었습니다. 두어 번 펌프질을 하면 쾰쾰 물이 쏟아지는 그 집은 늙지 않았습니다. 수도시설이 들어와 우리 집은 폐정이 되었어도 그 집 펌프는 여전히 마당을 지키고 있었으니까요.

　단단해지는 종아리 근육이 허벅지를 펌프질합니다. 종아리에서 밀어 올린 힘은 골반을 지나 명치로 치닫습니다. 겨울산 골짜기처럼 명치가 갈라집니다. 명치에 고인 울림이 바람 소리를 냅니다. 바람의 골짜기를 감각이 감통합니다. 지축이 흔들리듯 좌우로 크게 두어 번 몸을 흔들었습니다. 움츠린 척추가 즐거운 긴장으로 펴집니다.

　왜 그런 날 있잖아요. 늘어진 광목을 풀며 널고 싶은 날. 내 안에 고인 무엇이 툭툭 불거져 아우성치는 날. 머리 밑이 아릿하게 일어서는 날. 서랍에 잠자던 펜에 잉크 넣고 싶은 날. 목젖까지 쌓인 어떤 말을 보내고 싶은 날. 느리게 아주 느리게 문장을 읽고 싶은 날. 또박또박 연필 깎고 싶은 날. 툭 떨어지는 말에 여진처럼 흔들리는 날. 섬세함이 예민함이라는 걸 알게 되는 날 말입니다. 새벽 창으로 들어온 빛으로 책을 볼 때는, 느리게 걷는 문장 가운데 명징하게 일어선 문자의 기세를 만납니다. 어스름에 굴절된 음소의 형태, 단어 사이를 메우는 새벽이 주는 빛은 하루를 걸어가는 힘이지요.

다시 눈을 감습니다. 열렸던 입술이 살포시 서로 맞댑니다. 새벽 개울을 건너오는 안개처럼 아득히 멀어져 있던 저마다의 것들이 손을 잡습니다. 의식을 안으로 거두어들입니다. 닫힌 몸에 온기의 균열이 생깁니다. 들어온 숨이 빠져나갈 때 일어나는 수축으로 정수리에 온기가 고입니다. 발끝까지 돌아오는 피돌기에 어떤 희열을 만납니다.

화병에 둔 목단이 밤새 펼쳐졌네요. 열두 폭 치마처럼 풍성합니다. 이명처럼 향기가 웅웅거립니다. 시간을 붙잡지 못하듯 가두어 둘 수 없는 향기가 흐르는 길을 보고 있습니다. 환유에 기대어 맞는 아침. 나는 여전히 내 뜨거운 몸속에 있습니다.

목단 향기를 덮고, 목단 꿈을 꾸다 깬 감각이 흔들립니다.

제5부

돈텔마마를 누비던 파밭 아지매들

도시의 슬로건은 그 도시가 지향하고, 보여주고 싶은 이미지입니다. 그 속에는 인문학적 특성과 함께 지리적 특성이 담겨 있습니다. 말하자면 슬로건이라는 이미지는 그 도시의 문화원형을 오롯이 품은 그릇이라 할 수 있습니다.

43년 전 해운대는 내륙지방 중학교의 수학여행지로 인기였습니다. 약 반세기 전의 일이지만 그때의 기억은 여전히 생생합니다. 지금은 폐역이 된 해운대역에서 길게 줄지어 바다로 걸어가는 동안 점점 다가오는 바다 냄새는 신세계로 가는 기차표 같았습니다. 두엄 냄새, 흙냄새 속에 성장한 우리에게 바다 냄새는 처음의 경험이었으니까요. 그러나 무엇보다 컸던 충격은 바닷물이 들고 나면서 땅의 크기가 달라지는 현상이었습니다. 경지 정리된 네모난 땅만 보다가 줄어들고 늘어나는 땅의 도시, 변화무쌍 자유자재의 바다 도시 부산은 환희 그 자체였지요.

오랜 세월 부산살이. 지금 해운대의 모습은 그때의 해운대를 상상 못할 만큼 달라졌습니다. 마찬가지로 지금 부산의 모습도 30년 전, 60년 전의 부산과는 비교할 수 없을 만큼 성장했습니다. 비록 오래 전의 모습은 사람의 기억에서조차 잊혀도 그러나 땅에 스며든 지문은 사라지지 않습니다. 기억되다가 잊혀지고 마는 원형에 대한 물음표는 마침내 부산을 읽고 걷고 쓰는 언어가 되었습니다. 그것은 어떤 아찔함으로 호기심을 자극하기도 합니다.

가령, 한국전쟁 때 부산으로 피난 온 화가들과 부산의 화가들이 열어간 미술 세계가 그렇습니다. 전쟁의 고통, 실향과 이향의 아픔 속에서 예술혼을 놓지 않았던 작가들. 그들의 궁핍한 현실에 틈을 열어주었던 영도의 대한도기… 다른 사람의 꽁무니만 따라가지 말고 추상 이후의 세계를 열어가자는 대화를 나누었던 53년 어느 날의 광복동 뒷골목 다방… 절망의 시대, 다방은 화가들의 전시와 문인들의 작품

발표 나아가 다양한 예술가들의 담론이 형성되는 장소였습니다. 그러니 부산과 부산의 다방 문화는 한국예술사의 중심지인 셈입니다. 아쉬운 것은 정작 중심지에 살고 있는 우리가 그것을 잊고 있다는 것입니다.

아찔한 호기심 두 번째는 나전칠기와 부산입니다. 60, 70년대 내 집을 마련하면 제일 먼저 장만하던 것이 안방의 자개농이었습니다. 자개농, 자개화장대, 자개찬장… 출세한 사람은 자개 명패를 책상에 올려놓았으며 표창패에도 자개를 박았으니 자개는 성공의 상징이었습니다. 세계적인 예술이 된 나전칠기는 통영에서 크게 발달했습니다. 통영이 나전칠기의 중심지로 자리매김한 때는 임진왜란 중 설치했던 삼군수군통제영과 통제영 12공방 운영시기입니다.

그러나 슬쩍 비집고 들어가면 오랜 역사를 자랑하는 나전칠기에 있어 부산도 묘한 개연성으로 다가옵니다. 오늘날 부산의 지명으로 변천되는 과정을 살펴보면 삼국시대 이전 거칠산국居漆山國이 있었습니다. 『삼국사기』에 의하면 거칠산국居漆山國은 신라에 편입되어 거칠산군居漆山郡이 되었다가 경덕왕 때 동래군東萊郡으로 개명되었습니다. 거칠산국居漆山國의 칠漆은 옻칠을 말할 때의 漆입니다. 지금도 칠산동이 있는 것으로 보아 동래지역은 예로부터 옻나무가 많았음을 유추할 수 있습니다. 한편 부산의 선사 유적지 동삼동 패총과 동래패총은 옛사람들의 생활환경을 들여다볼 수 있는 중요한 단서가 됩니다. 거칠산국, 칠산동, 조개무덤… 들여다볼수록 어떤 이야기들이 구근처럼 달려 나옵니다.

가끔 언어의 시원을 연어처럼 거슬러 가다 보면 원래의 뜻이 왜곡되어 오늘에 고착되는 경우도 더러 만납니다. 대표적인 예가 '풍류'입니다. 풍류란 유불도를 통섭한 우리의 고유사상으로 고운 최치원에 의해 최초로 제시되었습니다. 이를테면 풍류란 모든 현상이 각각의 속성을 잃지 않으면서 서로 걸림 없이 원만하게 하나로 융합되어 있는 사유체계입니다. 풍류신학의 창시자 유동식 교수는 풍류를 '멋'이라 정의한 바 있습니다. 멋은 품격과 인격을 두루 갖추고 지혜와 자비로 세상과 소통하고 바라보는 삶의 자세에 스며든 아름다움입니다. 이를테면 멋이란 감각적 외형을 담아내는 내면의 그릇이라 할 수 있습니다. 그러나 일제 강점기를 지나면서 풍류는 그 정신적 가치는 퇴화되고 유흥의 의미만 남아있습니다.

무시로 고개 드는 아찔한 호기심은 대상을 관찰하게 합니다. 자세히 보아야 보인다는 시인의 말처럼 오래도록 대상을 보고 있으면 이전에 보이지 않던 어떤 것들이 좀벌레처럼 기어 나옵니다. 바다를 만나는 순간 강이라는 이름을 내려놓은 지점이라든가. 이제는 아파트가 된 염전에서 수차 돌리던 일꾼의 갈라진 뒷꿈치라든가. 표지석으로만 남은 영가대 본터라든가. 돈텔마마를 누리던 파밭 아지매라든가… 건축적 폐허가 상실을 준다면 역사적 폐허에서 만나는 상상력은 부산에 대한 새로운 발견으로 이어집니다.

부산의 새 슬로건이 '부산이라 좋다'입니다. 세계인이 주목하는 '부산이라 좋다'그 뿌리에는 해양문화와 강문화가 퇴적되어 있습니다. 무엇보다 멋진 사람들의 다채로운 이야기가 교호되어 만들어 가는 부산이라 더욱 좋습니다.

사람의 이야기 풍경이 되다

여행지에서의 새벽은 어느 때보다 빨리옵니다. 아마도 아침이 더디 오기를 바라는 마음이 더 크기 때문이겠지요. 오지 않기를 바라지만 기어이 오고야 마는 아침… 그런 날엔 커튼 사이로 새는 새벽빛에 그만 마음이 내려앉습니다. 반쯤 드러난 맨살에 감겨드는 미풍처럼, 시트에 내려앉는 빛의 고요를 좋아합니다. 어쩌면 속눈썹에 파르르 떨리는 고요한 아침이 좋아, 다음 또 다음 여행을 기다리는지도 모릅니다.

바다가 풀어놓는 이야기가 헝클어진 머리카락으로 파고드는 통영의 아침, 고깃배가 밀어내는 물빛 같은 이야기를 좋아합니다. 물길이 만들어 내는 무늬를 보면서 시간의 행간을 걷는 즐거움도 좋습니다. 어떤 외물에도 방해받지 않는 사막 한가운데 누워 밤하늘을 바라볼 때의 충만을 주기 때문입니다. 그 순간 나는 바다의 언어를 배웁니다.

그곳에 가면 편안한 그리움이 있습니다. 손을 넣으면 천천히 데워주던 아랫목 같은 편안함을 통영에서 만납니다. 아버지의 정이 녹진하게 물들어 있던 아랫목은 달궈진 생의 원천이었습니다. 머리카락을 쓸어주는 아버지의 거친 손길에 깜빡 잠들다 깨면 해거름 푸른 산 그림자가 문살을 타고 흘렀습니다.

충만한 기억 속에 때때로 헛헛함이 바람처럼 일때, 통영으로 갑니다. 그곳에 가면 그리운 맛을 만날 수 있습니다. 입맛의 기억이란 삶의 어느 한 모퉁이에서 불쑥 나를 일으켜 세우기도 합니다. 그래서 오래도록 그 맛을 기억하는지도 모릅니다. 설령 오래 길들여진 맛이 아닐지라도 두고두고 기억되는 맛도 있습니다.

여름 별미 박나물과 두부를 고명으로 올린, 국물이 잘박한 통영식 나물 반찬이 내게는 그렇습니다. 조갯살을 넣어 볶다가 뭉근하게 익혀낸 박나물은 담백하면서 깊은 풍미가 있습니다. 굽 낮은 그릇에 잘박하게 깔린 국물을 한 숟가락 건져 먹을 땐 그만 눈이 감깁니다. 바다에 이리저리 흔들리며 자라는 해초가 맨살에 감겨드는 맛에 나도 모르게 웃음이 번집니다. 그리운 맛을 우여곡절 끝에 만났을 때의 즐거움이 처지를 달리한 육친을 만날 때와 같은 것은 인지상정이겠지요.

통영에서의 특별한 맛은 서호시장의 아침에 있습니다. 장어의 맑은 속살이 뭉텅뭉텅 건져 나오는 장어국에 곁으로 하여 마시는 맑은 막걸리는 단연 맛의 백미입니다. 숱한 사람들의 거친 호흡이 훑고 간 대접에 마시는 맑은 막걸리는 밤새 쌓인 삶의 편린들이 녹아있습니다. 자식의 내일을 부표 삼아 길 없는 길을 걸어야 하는 아버지의 골수가 맑은 혈청으로 고여 있습니다.

이 사람 저 사람 이야기가 주인보다 먼저 손님을 맞는 그곳의 진풍경은 국밥을 앞에 두고 나누는 통영 사람들의 소리 없는 대화입니다. 어느 날인가, 밤새 거친 바다를 길어 온 남편을 마중하는 아내의 대화를 보게 되었습니다. 뱃사람 특유의 모습으로 소주와 맥주로 서로의 잔을 채우더니, 벌컥 들이킵니다. 목젖을 위아래로 움직이며 넘기는 첫잔소리가 식당을 채우는 듯 했습니다. 목이 긴 잔의 바닥이 천정을 향할 때까지의 울림이 빠른 물살처럼 보였습니다.

　말없는 아내와 달리 남편은 몇백 마력 엔진소리를 토해내며 술잔을 내려놓습니다. 그러고는 더 강한 울림으로 한마디 붙입니다. '무라' 말이 끝나자 아내는 남편 앞으로 반찬 그릇을 밀어줍니다. 고래 뱃속으로 빨려 들어가는 바다처럼 아침이 들어갔습니다. 식사를 마친 부부가 자리를 뜨며 남긴 말은 두고두고 명장면이었습니다. '돈 내라…' 아내에게 던진 뱃고동 같은 한마디는 모든 것을 함축한 그날 최고의 언어였습니다.

　사람의 이야기가 풍경이 된다는 말, 그 풍경은 또 다른 이야기의 마중물이 된다는 것을 아침 시장에서 만났습니다. 수십 번 색을 올린 그림처럼, 바닥으로부터 층층이 밀려 나오는 언어에 취하는 곳이 통영입니다. 말의 무늬 속에 대양을 돌아온 고등어 등 푸른 언어가 넌출거리고, 치열한 생의 일기가 펄럭입니다.

　속 깊은 바다를 품은 통영의 언어는 언제나 새벽입니다. 나 그대에게 그런 통영의 언어이고 싶습니다.

쉘위 댄스

춤을 배우고 싶었어요. '춤'이라는 말이 나오는 순간 모든 사람들이 손을 저었습니다. 춤과 연상된 이미지가 부정적인 게 더 많다 보니 으레 '춤' 하면 '바람'을 연상하기 때문일 겁니다. 춤은 움직이는 것이니 당연이 바람을 일으킬밖에요.

중동 건설 현장에 한참 인력을 내보내던 70년대. 한 남자도 그 대열에 합류했습니다. 딸 넷의 아버지, 가난한 가장은 숨통이라도 틔워볼 요량으로 뜨거운 모래바람 부는 건설 현장으로 기꺼이 날아갔습니다. 꼬박꼬박 보내온 돈으로 딸들과 고운 그의 아내는 단칸방에서 전셋집으로 … 마침내 자그마한 마당 있는 집을 샀으니 땀 흘린 보람을 얻은 것입니다. 그러나 일은 엉뚱하게 생겼습니다. 아이들이 모두 학

교에 가고 빈 시간이 생긴 거지요. 이름하여 춤바람… 한동안 '춤'이라는 말은 금기어였던 적이 있었습니다. 춤은 '악'의 대명사였고, 가정파탄으로 치부되었습니다.

춤을 배워야지. 춤을 배워야지. 한때는 비디오테이프로 춤과 관련된 영화를 필름이 늘어지도록 보면서 발동작을 따라 해본 적도 있습니다 그러나 타고난 몸치라, 리듬을 탈출 모르는 나는 늘 두어 박자를 놓치고 말았습니다. 춤을 배우고 싶어요. 피아졸라 100주년 공연을 보던 날, 내 안의 어떤 감각들이 꿈틀거렸습니다.

지인들께 긴 협조문을 돌렸습니다. 춤을 배우고 싶은 이유를… 크로아티아 붉은 지붕이 내려다보는 광장, 거리의 악사들이 연주하는 음악에 맞추어, 깊게 파인 흑단 같은 드레스를 입고 7cm 힐을 신은 관능적인 여인의 모습으로 탱고를 추고 싶다고… 더늦기 전에, 근육이 마음먹은 대로 이완을 해 줄 수 있는 오십 중반. 팬데믹으로 인해 멈춰 선 일상이 다시 회복되기를 기다리는 지금이 그때라고…

그러나 춤의 개념은 알지만 움직임이 따라주지 않으니 몸치 임에는 틀림없습니다. 춤에 대한 나만의

해석으로 육체의 모든 끄트머리에 감성을 피워낼 테니 조급함은 없습니다. 땅의 온도와 눈의 온도가 맞을 때 비로소 눈이 쌓이듯 그때가 오기까지 젖어 가보는 것이지요. 참 쉬운 듯 어렵습니다.

플로어에 섰을 때 근육의 이완과 체중이동이 동시성이어야 한다는 것에서 엇박자가 되니 흔들릴 수밖에요 미세한 근육의 움직임을 따라가 보면 보이지 않은 길이 있습니다. 종아리에서 시작된 근육을 징박듯 무릎에 심은 뒤 허벅지로 밀어 올립니다. 허벅지 근육을 굵은 대나무처럼 원통으로 끌어당겨, 그 긴장을 유지하면서 배꼽 아래까지 이어가야 합니다. 그때 근육은 대들보처럼 등뼈를 꼿꼿하게 받쳐줍니다. 때맞추어 들이킨 숨은 윗배를 지긋하게 누름과 동시에 가슴을 둥글게 감아줍니다. 봉곳한 가슴선을 타고 오른 긴장이 쇄골까지 치달아 턱을 밀고 당기는 탄력으로 상체의 균형을 유지해야 합니다.

아. 춤의 묘미는 즐거운 긴장감에 있습니다. 파트너와 나 사이에 밀어내는 힘과 당기는 힘 사이 공간의 파동을 읽어야 합니다. 닿을 듯 닿지 않으며 밀어내며 당기는 그의 흐름에 나를 맡겨야 합니다. 무엇보다 힘을 빼고 힘을 주되 이성과 감성을 놓지 않

아야 하는 것이 룸바의 호흡입니다. 그러니 춤은 고도의 예술일 수밖에요.

흥이란 바람입니다. 흐르는 것은 바람을 타는 일입니다. 그러고 보면 바람이란 기운을 일으키는 어떤 힘입니다. 셀 위 댄스? 세월이 흘러도 그대에게나, 맨살에 감겨드는 미풍 같은 언어이고 싶습니다. 그대, 그때도 나의 파트너가 되어주실 거지요? 또각또각 발소리를 끌며 다가가는 내 손을 여전히 잡아줄 거지요?

웃고 말지요

　열아홉 살 겨울 아침이었어요. 밤새 서리가 얼마나 내렸는지 마당에 쌓아둔 거뭇한 나뭇단에 눈이 온 줄 알았어요. 젖은 손으로 문고리를 잡으면, 손과 문고리가 붙어 쩍쩍 소리를 내기도 하는 시골의 겨울은 참 매섭습니다. 더군다나 서리 내린 아침은 옷 속으로 파고드는 아침 기운이 쏴 해서, 허연 입김을 연신 불어가며 방과 마루를 콩콩거리며 겨우 눈곱만 떼는 세수를 했어요. 물에 젖은 머리카락이 어느 때는 뻣뻣하게 얼어 손으로 툭툭 털면 쌀가루처럼 얼음이 떨어졌어요.

　그날 아침도 그런 세수를 했던 것 같아요. 성에 낀 거울을 소매로 스윽 닦아내자 매끈한 유리에 울퉁불퉁한 길이 생겼어요. 거칠지만 말갛게 드러난 거울

에 얼굴을 비춰보기 위해 허리를 굽혀 얼굴을 들이
밀었습니다. 순간 거울에 비친 얼굴을 보면서 멈칫
했습니다.

얼굴은 감정을 비추는 거울이잖아요. 감정을 꼭꼭
숨기고 있어도 얼굴에 드러나게 되어 있잖아요. 그
런데 내 얼굴엔 표정이 없는 겁니다. 표정없는 얼굴,
날마다 사춘기의 복잡한 감정과 미래에 대한 막막한
꿈과 그럼에도 불구하고 살아내야 했던… 여전히 가
슴이 뛰는 감성 소녀였음에도 그런 희노애락의 어떤
것도 내게는 드러나지 않는 것이었습니다.

내가 표정이 없는 것은 집안의 서사로부터 자유로
울 수 없었습니다. 가족이 때로 감옥이라는 답답함
과 집성촌이 주는 폐쇄성에 오직 일기 쓰기로 나를
열어갔던 청소년기를 건너오면서 감정을 있는 그대
로 드러낼 수 있는 그 누구도 없었지요. 칠 남매의
막내로 엄마 아버지의 특별한 사랑으로 성장했지만,
정서적으로 고립된 내가 들이밀 수 있는 창이 없을
거라고 생각했을 겁니다. 그러니 단연 웃음끼라곤
찾을 수 없는 얼굴이었지요.

그날부터 웃는 연습을 했습니다. 거울을 보면서
날마다 세 번씩 웃는 연습을 했습니다. 올린 입꼬리

에 관자놀이가 올라갈 수 있도록, 눈빛은 부드럽게 하여 정면을 향하고, 눈 밑 애교살을 끌어올려 눈도 웃을 수 있도록 말이지요. 눈이 웃을 땐 눈썹도 웃는다는 걸, 입꼬리가 웃을 땐 귓불도 웃는다는 것 웃는 연습을 통해 보았습니다.

웃음은 자존감을 높여주었고 언제나 긍정적인 사고를 열어주었지요. 처음엔 내 표정이 낯설어서 웃고, 그다음엔 그런 내 표정이 웃겨서 씨익 웃고, 그러다가 웃는 내가 좋아 웃었지요. 웃음이 주는 긍정… 웃음이 열어가는 관계와 세계… 그냥 웃고, 좋아서 웃고, 그러다 보니 웃음이 일상이 되어 이만큼 걸어왔고 이만큼 성장했습니다.

이제는 그냥 웃고 말아요.

을숙도 갈 숲이 전하는 말

　사람이 살아가는 세계엔 숱한 이야기가 쌓여있습니다. 어떤 사람은 현무암처럼 숭숭 뚫린 이야기를, 어떤 사람은 몽돌을 훑는 물소리 같은 이야기를 걸어왔을 테지요. 또 어떤 사람은 오래 묵은 나무에 생긴 이끼 같은 이야기를 피웁니다. 호롱불의 심지를 들어 올리며 가릉가릉 불꽃을 밝히듯 사람의 이야기는 또 다른 사람에게 건너가 그의 심지가 됩니다.

　사람이 아름다운 것은 아무도 모르는 오솔길과 아직도 모르는 오솔길을 품고 있기 때문입니다. 불확실한 내일을 살아가고 있지만 그럼에도 불구하고 삶이 신비로운 것은 귀 기울이고 공감하며 거울처럼 비춰주는 어깨가 도처에 있기 때문이지요. 설령 절절한 고통에 직면하더라도 내 이야기를 그냥 들어줄 단한 사람이 그래도 있기에, 걷고 있는지도 모릅니다.

지난한 시간을 지나 저마다의 빛깔로 물드는 시절입니다. 방방곡곡의 아름다운 풍경들을 담은 사진이 다채로운 사연을 담아 수북하게 쌓여갑니다. 저마다의 사연처럼 모든 경험은 이유가 있습니다. 아픔은 아픔대로 이유가 있고 즐거움은 또 그만큼의 까닭이 있지요. 그 까닭을 들어주는 마음이 배려입니다. 때로는 가만히 들어주는 것만으로도 위로가되고 외로운 영혼을 치유 받습니다.

배려의 시작은 공경입니다. 사람이 아름다운 것도그런 공경의 마음을 품기 때문입니다. 공경은 공감으로 이어가고 상호신뢰로 단단하게 엮이어 마침내건강한 공동체를 만들어 갑니다. 그것은 화려한 말로 그치는 것이 아니라 실천에 있습니다. 상대를 헤아려 건네는 말 한마디, 말없이 토닥여 주는 온기,때로 그냥 한 번 웃어주는 것만으로도 너와 나는 우리가 되는 거지요. 퇴계 이 황(1501~1570) 선생이 우리나라를 넘어 서구 철학자들에게 존경받는 이유는실천하는 지성이었기 때문 아닌가요. 사람이 사람답게 살아가는 세계를 중시했던 오백 년 전 실천적지성인은 무엇보다 자신에게 엄격했다지요.

아! 그를 생각하며 '지금'을 봅니다. 국가의 브랜드파워는 경제뿐 아니라 문화의 역할도 큽니다. 삶의 보편성을 바탕으로 시대의 특수성에 의해 형성된 문화는 경작되는 농작물처럼 다양한 현상으로 성장하지요. 과거와 현재를 이어가는 이야기, 곁방문을 돌아 실개천으로 흐르는 이야기는 위대한 예술이 되고 그것은 삶의 긍정적인 에너지가 됩니다. 예술의 향유 속에 형성된 상상력은 미래를 열어갈 초석이 될 테지요.

태풍에 뿌리째 뽑히는 굵은 나무와 달리 을숙도 갈대, 제자리에 꿋꿋하게 서 있는 것은 강해서가 아니라 서로에게 어깨를 내어주며 끌어주기 때문입니다. 제멋대로 자라난 갈대숲이 무질서한 듯해도 가만히 들여다보면 나름의 질서를 가집니다. 키 큰 것은 낮은 데까지 햇빛이 들도록 가지를 좁히고 때로 여린 넝쿨에 등을 내어줍니다. 천적을 피해 숨어든 생명은 어미처럼 보듬어 주며 시간의 이행이 그려낸 숱한 이야기를 품습니다.

숱한 사연을 담아낸 을숙도 갈숲이 전합니다. 이야기가 끊어진 사회는 죽은 사회와 같다고… 붉은 포도주를 짜기에 아직 가을이 많이 남았다고…

잃어버린 웃음을 찾아서

　어쩌다 보니 풍자의 의미가 어색한 사회가 되었습니다. 부조리한 상황에 대한 희화를 통해 사회를 성찰하고 통찰하자는 풍자는 '그럼에도 불구하고' 긍정적인 방향으로 나아가고자 하는 한국인의 의식구조입니다. 그 기저에는 정이 있습니다. 단지 조소나 조롱으로 끝나는 것이 아니라 건강한 정신을 품고 있는 풍자가 닿는 지점은 공동체의 성장입니다. 그 과정을 이끌어가는 힘이 웃음이라는 장치입니다.

　그러나 언제부터인가 웃음이 귀한 세상이 되었습니다. 아니 건강한 비판과 수용이 아쉬운 사회로 가고 있습니다. 다양성 사회를 표방한 지는 오래되었으나 다양성이라는 말이 겉도는 세계로 가는 듯합니다. 비판을 수용하지 않는 경직된 사회는 미래 언어를 만들어 가지 못합니다. 엄숙함을 넘어 유연한 사고를 이끌어내는 웃음의 가치를 움베르토 에코의 소설 〈장미의 이름〉에서 다시 찾아봅니다.

중세 베네딕도 수도원에서 의문의 살인사건이 일어납니다. 끔찍한 독살에 의해 죽어나간 수도사들에겐 공통점이 있는데 한결같이 아리스토텔레스의 〈시학〉 제2권이 관련되었습니다. 누군가가 그 책을 읽는 것을 막기 위해 책의 오른쪽 아래에 독을 묻혔기 때문입니다. 한 장 한 장 손가락에 침을 묻혀가며 책에 빠져들 즈음 독에 중독된 사람은 죽음을 피할 수 없게 되는 것입니다. 이 의문의 사건을 해결하기 위해 수도사 윌리엄이 파견되면서 이야기가 전개됩니다.

그 책을 깊숙이 감추었고 누구든 탐독하는 것을 막기 위해 독을 바른 사람은 다름아닌 수도원의 실세 호르게였습니다. 사건의 전말을 파헤친 윌리엄과 호르게의 웃음 논쟁은 우리에게 시사하는 바 큽니다. 웃음이란 무엇인가. 웃음은 우리에게 어떤 의미로 존재하는가에 대한 철학적 물음을 던지는 두 사람의 논쟁 부분을 일부 옮겨 봅니다. (윌리엄-윌/ 호르게 -호)

(윌)도대체 숱한 책 가운데 유독 이 책만 더욱 기를 쓰고 감추려 하는 까닭이 무엇입니까? 세속적 희극에 관한 책이 많이 있고, 외설된 웃음을 찬양하는 다른 책도 얼마든지 있는데 당신은 왜 하필 이 책만 그토록 두려워하는 겁니까? (호)철학자 아리스토텔레스가 쓴 책이기 때문입니다. 대체로 철학자의 저서란 그리스도교가 여러 세기에 걸쳐 축적해 온 가르침의 일부를 파괴했습니다. (중략) 철학자의 말 한 마디 한 마디는, 이 세상의 모습을 뒤집어 놓았습니다. (윌)그렇지만 웃음에 대한 논의는 왜 두려워합니까? 책을 없앤다고 해서 웃음 자체를 당신이 없앨 수는 없는 겁니다. (호)그게 불가능한 일인 건 압니다만 웃음이란 우리 육체의 나약, 타락, 어리석음입니다.

웃음을 죽음이라 생각했던 엄숙주의 호르게와 달리 윌리엄이 주장한 희극적 유쾌함은 사회에 대한 관심과 환기입니다. 부조리한 상황과 사람에 대한 웃음을 유발하는 것은 동시에 그것을 통해 나를 보는 일이기 때문입니다. 때때로 웃음은 건강한 긴장을 주기도 합니다.

풍자는 신랄한 조소나 비난을 포함할 때도 있지만

그 기저에는 현실의 허구성을 폭로하고 생기 잃은 사회 분위기를 반전시키는 효과를 내기도 합니다. 직설적이되 엄숙한 비판이 아니라 어딘지 모르게 우스꽝스러운 면모를 동반한 웃음 뒤에는 변화에 대한 바람이 있기 때문입니다. 따라서 풍자는 부족함을 비웃기보다 따뜻한 인간애로써 포섭해 가고자 하는 화해의 구조를 내포하고 있습니다.

유네스코 인류무형유산에 등재된 탈춤을 통해 우리는 일찍이 웃음의 의미를 보았습니다. 엄격한 신분제에 대한 비판을 풍자와 해학으로 풀어낸 탈춤에서 관객은 구경꾼이면서 적극적인 참여자가 되는 것처럼. 보편적으로 누려야 할 인간의 권리를 유쾌한 언어로 통쾌하게 풀어내는 탈춤은 역동적인 우리의 정체성을 보여주지 않던가요.

80년대를 가장 강렬한 메시지로 표현했던 오 윤의 목판화를 생각합니다. 오 윤의 작품 속에 등장하는 도깨비는 기득권의 권위를 이용해 변화를 두려워하는 사람들, 비인권적 현장에서 비열하기 짝이 없는 사람들에 대한 엄중한 경고를 날립니다. 동시에 힘없는 민중의 편에 서 있습니다. 뿐만아니라 그가 작품 속에 표출하고 싶었던 民은 어린아이처럼 약하고 여린 풀처럼 부드럽지만 강인한 의지와 생명력 지니고 있었습니다. 닫힌 사회에서 열린사회로, 맺힌 사회에서 풀린 사회로 가기를 희망했던 오 윤의 도깨비와 호랑이는 신명의 춤사위로 사회 구조에 대한 통렬한 풍자를 합니다.

갈등이 없는 사회는 죽은 사회와 같습니다. 그러나 갈등이 생산적일 때 사회는 성장합니다. 내편 아니면 적이 되는 당동벌이黨同伐異 말고 다르지만 화합하는 화이부동和而不同으로 만들어 가는 오늘을 만나고 싶습니다. 한바탕 신명으로 웃어보는 오늘을 만나고 싶습니다.

호모 사피엔스의 바다

원숭이 엉덩이는 빨개. 빨간 것은 사과, 사과는 맛
있다. 맛있는 건 바나나, 바나나는 길다. 긴 것은 기
차, 기차는 빠르다. 빠른 것은 비행기, 비행기는 높
다. 높은 것은 하늘, 하늘은 푸르다. 푸른 것은 바
다── 초록빛 바다 물에 두 손을 담그면── 파란 하
늘빛 물이 들지요. 어여쁜 초록빛 손이 되지요.

어린 날의 놀이입니다. 호모 루덴스. 놀이의 인간
은 언제나 새로운 세계를 열었습니다. 놀이의 즐거
움은 관계의 발견에 있습니다. 흩어져 아무렇게나
발부리에 채는 사금파리도 놀이 속으로 들어오면 귀
한 물건이 되었지요. 가질 수 없었던 저것이 내게로
와 이것이 되며, 버려진 돌이 사용 가치 높은 그릇
이 되는 것입니다. 저것이 이것이 되는 것은 소유라

는 개념을 안고 있으며, 그릇이 된 돌은 쓸모없음의 쓸모를 발견하는 일이었습니다. 놀이는 대상으로 있던 것이 의미로 바뀌는 순간을 숱하게 경험케 했습니다.

원숭이 엉덩이부터 바다에 이르기까지의 다양한 상황은 동물에서 식물로, 육지에서 바다로, 자연에서 과학 기술로 확장되었습니다. 원숭이는 인간과 같은 영장류 유인원이지만 영화 〈혹성탈출〉에서 만나는 원숭이는 인간의 세계를 지배합니다. 세상의 주인이 바뀐 것이지요. 진화한 유인원과 퇴화된 인간들이 살아가는 땅. 신적인 존재처럼 인식한 인류의 시대가 영화에서는 끝나고 말았습니다.

말잇기 놀이의 전개는 연상을 통해 새로운 대상을 발견하고 의미를 부여하며 지평을 확장합니다. 놀이에 담긴 의미는 관계 속의 성장입니다. 아울러 우리의 종착점은 높은 하늘이 아니라 결국 바다라는 것입니다. 강물이 바다로 흘러드는 것은 강바닥보다 바다의 바닥이 낮기 때문입니다. 낮은 곳으로 모인 지구의 물은 바다가 되는 순간 강물로 불렸던 과거의 이름을 깡그리 내려놓습니다. 바다물이 되는 순간 이전의 '나 때'를 내려 놓으니 바다는 또한 성찰의 거울입니다.

지구는 땅의 영역보다 물의 영역이 더 넓습니다. 그러고 보면 지구는 땅의 별이 아니라 물의 별이네요. 육지에서 살아가는 생물체들의 기원이 거기 물의 세계에서 나왔으니까요. 바다는 낭만의 대상이기도 하고 상상의 원형이기도 합니다.

바다는 치열한 삶의 현장입니다. 예측 불가한 바다에서 다양한 생물들이 여타의 생물들과 서바이벌을 통해 살아 갑니다. 먹이 사슬에서 살아남기 위해 저마다의 방법으로 생존해 나간다. 알에서 부화한 멸치는 다른 것의 먹이가 되어야 하고 해류를 따라 이동하면서 사피엔스의 촘촘한 그물에 걸린다. 사피엔스의 식탁에서 친숙한 멸치가 해류를 따라 흐르며 보고 들었을 멸치의 바다이야기를 사피엔스가 상상할 수 있을까요.

사피엔스의 세계와 멸치의 세계는 다른 듯 비슷합니다. 깊은 넓은 바다, 극한의 세계를 헤쳐 나아가지만 죽음으로부터 자유로울 수 없는 숙명의 존재입니다. 생자필멸의 고해, 멸치와 사피엔스는 그럼에도 불구하고 관계 속에서, 관계를 맺으며 살아갑니다. 다양성이란 생의 다채로움이지요. 다채로움을 지지하고 끌어가는 힘은 건강한 관계입니다. 설령.
예기치 못한 상황에 의해 우선멈춤은 있을지라도 곧
회복하는 탄력성이 그 속에 있습니다. 그것은 일종
의 균형 감각이며 균형감각은 공존의 힘입니다.

하늘은 바다를 반영하고. 바다는 하늘을 담습니
다. 높은 것은 높지 않고, 낮은 것은 낮지 않듯이 멸
치가 사라진 세상은 사피엔스도 살 수 없겠지요. 잊
혀진 놀이의 세계가 새삼 애틋한 지금입니다.

쟈스민 나무를 심어야겠어요

내일 자 신문이 오늘 왔네요. 오늘 도착한 내일, 내일 받아볼 오늘입니다. 나와 내일은 오늘의 존재인가 봅니다. 눈 뜬 내일은 또 오늘이니 산자의 시간이란 오늘의 다른 말일지도 모릅니다. 어느 때는 양력 일에 음력생일의 메세지들이 오기도 합니다.

아니어도 맞는 것, 맞아도 아닌 것이 얼마나 많은 가요. 그대가 보낸 짧은 문장이 그대가 아님을 알면서도 어느 땐 눈에 턱 부딪치는 짧은 문장이 낯설게 파고들기도 하지요. 아니어도 맞은 듯하고 맞아도 아닌 듯 벽에 닿은 생각들이 새로운 물길을 열어가겠지요. 그 물길 마침내 바다에 이르다가도 다시 강을 거슬러 가는 출렁거림의 연속일 테지요.

출렁거림에 어지러워도 멀미 나지 않아야 사랑입

니다. 어지러워도 그 어지러움마저 기다림이 되고 그리움이 되는 게 사랑이니까요. 며칠째 흐린데 먼 곳에서 벙그는 매화마냥 톡톡 비가 터집니다.

터미널로 가던 가방을 눌러 앉힙니다. 닫아둔 노트북을 열고 덮었던 책을 펼칩니다. 뭉툭한 연필을 둥글게 갈아 날을 세웁니다. 하얀 종이로 떨어지는 자음 모음이 사각사각 흑심가루에 뒹굽니다. 눈에 익은 글자들이 꼬물거립니다. 가야 할 곳을 놓쳐 버린 버스표에서 멈춘 버스 시간이 쪼개집니다. 마른 시간이 마른 마음으로 탁탁 탑니다

어떤 즐거움은 은밀함의 공유에 있어요. 한 십 년쯤은 아무도 알아채지 못하는 지도 밖에서 정박했으면 좋겠어요. 가지 끝에 걸린 빗물이 물방울로 고입니다. 정말이지 어마어마한 순간이 점잖게 분출하고 있어요. 봄이 밀항하고 있습니다. 이런 날은 해가 나지 않아도 좋겠어요. 봄을 희롱하는 나무에 말이에요.

어떤 언어는 강이 되기도 하고 어떤 언어는 부드러운 시간이 되기도 합니다. 오늘 만나기로 한 사람은 만나자고 말 한 그날부터 만나고 있었습니다. 만나자고 한 시간이 오는 동안 그 사람도 오는 중이기

때문입니다. 오늘 비가 된 구름은 어제부터 지붕을 가리고 있었습니다. 비가 될 자리를 찾아 두리번거리는 구름의 기세에 유월 앞둔 초록은 꼿꼿하게 비늘을 세웠나 봅니다. 담쟁이 이파리 저리도 **빳빳한** 걸 보면…

유월의 비에는 삶은 감자 터지는 분 냄새가 납니다, 아니 속을 밀어내는 하얀 감자꽃 냄새가 납니다. 뜨거운 틈으로 나오는 감자 포실하게 깨집니다. 미각 세포 속으로 감자의 시간이 스며듭니다. 장마 끝에 새는 달빛처럼 좋습니다.

어제 온 시를 열다가 오늘 내려야 할 역을 놓쳤습니다. 되돌아가는 길은 먼 곳의 풍경이 가까운 풍경으로 서는 길입니다. 시에서 떨어져 나온 아릿함은 어제로부터 도착한 오늘입니다. 바닥이 위대한 것은 틈을 만드는 힘이고, 벽이 숭고한 것은 창을 만들기 때문이라지요. 바닥을 쳐 본 사람은 스스로 용수철이 되고 벽을 만난 사람은 스스로 문이 된다지요.

방금 도착한 내일 자 신문을 열어봅니다. 사각사각 종이 소리가 새벽 개울을 건너오는 안개 같습니다. 촘촘한 글자들이 개울가 동실한 돌에 닿는 물살

처럼 번지고요. 비와 안개 사이 흙냄새 스멀거리는
앞산이 하얗게 일어섭니다.

챠스민 나무를 심어야겠어요.